U0513462

耶路撒冷，一个女人

A
WOMAN
IN
JERUSALEM

〔以色列〕亚伯拉罕·耶霍舒亚 著
金逸明 译

著作权合同登记：图字 01-2017-7067

A.B. Yehoshua
A Woman in Jerusalem
For SHLICHUTO SHEL HAMEMUNEH AL MESHAVE ENOSH(A WOMAN IN JERUSALEM)

Published in agreement with Liepman AG Literary Agency, through The Grayhawk Agency Ltd.

图书在版编目(CIP)数据

耶路撒冷，一个女人 / (以)亚伯拉罕·耶霍舒亚著；金逸明译. —北京：人民文学出版社，2017
ISBN 978-7-02-013504-2

Ⅰ.①耶… Ⅱ.①亚… ②金… Ⅲ.①长篇小说-以色列-现代 Ⅳ.①I382.45

中国版本图书馆 CIP 数据核字(2017)第 270673 号

责任编辑 **甘 慧 何家炜 郁梦非**
装帧设计 **钱 珺**

出版发行 **人民文学出版社**
社 址 **北京市朝内大街 166 号**
邮政编码 **100705**
网 址 **http://www.rw-cn.com**

印 刷 **山东德州新华印务有限责任公司**
经 销 **全国新华书店等**

字 数 **172 千字**
开 本 **890×1240 毫米 1/32**
印 张 **7.25**
版 次 **2018 年 7 月北京第 1 版**
印 次 **2018 年 7 月第 1 次印刷**

书 号 **978-7-02-013504-2**
定 价 **32.00 元**

如有印装质量问题，请与本社图书销售中心调换。电话：010-65233595

献给我们的朋友达芙娜

二〇〇二年夏天，她在斯科普斯山炸弹事件中遇难

目录

第一部分　经　理　001

第二部分　任　务　093

第三部分　旅　程　159

第一部分

经　理

一

尽管人力资源经理不是主动揽下这样一个任务的，此刻在柔和的晨光里，他却领悟到了它出人意料的重要性。行将熄灭的篝火边站着一个身穿修士袍的老女人，在她的要求被翻译和解释给他听的那一刻，他突然感觉精神抖擞。耶路撒冷，一周前他刚刚离开的那个饱受苦难的破旧城市，现在它又一次变得至关重要，就像在他小时候一样。

然而，他非同寻常的任务却是源于耶路撒冷当地一家周报的主编向公司指出的一个简单文书错误，一个本可以用合理的借口和简单的道歉来解决的错误。可是，由于担心这样一个道歉——一个大可以解决问题的道歉——会被认为不够有诚意，八十七岁的公司老板很固执，他要求大家摆出一种明确的姿态，并下令执行一个代表他本人和全体员工的切实悔过计划，于是就有了这次远行。

是什么让老头如此不安？几近宗教狂热的驱动力是从哪里来的？是受到这个国家，尤其是耶路撒冷正在经历的艰难时世的影响吗？他毫发无损地熬过来了，所以他经济上的成功，就像其他建立起来的商业一样，需要时刻警戒以避免公众的诟病，讽刺的是，如今这些诟病即将被印在他本人供应的新闻用纸上。披露故事的尖刻特稿的作者是政治上的极端分子，也是为人处事相当不圆滑、始终毕不了业的博士候选人。倒不是说他在写稿时就意识到了这一切，也不是说他本来就会轻描淡写一点；而是说报纸的主编和出版人不愿意用一种不愉快的突然袭击毁掉一位同事的周末，毁掉他们之间的业务关系，于是他们看过故事和配图照片（一张在被谋杀的女人的购物袋里发现的血迹模糊的破烂工资单）后，决定让老头在同一期报纸上作出回应。

它也不真是一则多么令人震惊的报道。然而，在这种行人常常在街上被炸死的时候，最古老的地方到处都是情绪激动、良心不安的民众。于是，在那个工作日结束时，人力资源经理试图躲避公司老板的召唤，因为他已经对前妻保证他会准时离开办公室去陪他们唯一的女儿，但老头手底下经验丰富的行政经理却拒绝放他走。她感觉到了老板的烦躁，所以赶紧劝说人力资源经理把他自己的家务事放到一边。

整体而言，两个男人之间的关系很好。人力资源经理原来在销售部工作，自从他为公司新的纸张文具产品线开发了几个第三世界国家的市场后，他们的关系就一直不错。所以，当经理的婚姻不稳时——部分也是因为他经常出差，老头不情愿地同意指派他为人力资源部临时领导，一份可以让他每晚都在家睡觉并试图修复婚姻裂痕的工作。可是，他不在家造成的矛盾反而因为他在家而变成了一种更为势不两立的敌意和分歧——起初是心理上的，然后是理智上的，最后是性方面的——持续地自动激化。如今他离婚了，但他决心要跟女儿保持亲密的关系，这是阻碍他重返原本喜欢的旧岗位的唯一原因。

老板宽敞办公室外的走廊里，雅致柔和的灯光从来不会因为季节或晨昏而改变。人力资源经理一出现在门口，那篇即将出现在当地周报上的文章便戏剧性地被猛掷到他的面前。

“我们的一个雇员?”人力资源经理觉得这难以置信，“不可能。如果是我们的雇员，我肯定会知道的。肯定是出了什么错。”

老板没有回答。他只是把长条校样递了过去，人力资源经理站着快速读了起来。可恶的文章标题是“‘每日面包’背后令人震惊的惨无人道”。它的主题是：一周前，在耶路撒冷集市的一次爆炸后，一名四十来岁的女子被发现身受重伤。她唯一的身份识别标记是公司发的一张工资单。在她躺在医院里被抢救的两天里，无论是她的雇主还是同事，没人对她表示过丝毫兴趣。即使在她去世后，她也是身份不明地躺在医院的太平间里无人问津，无人哀悼她的命运，也无人安排她的葬礼。(接下来，文章简单介绍了公司和它旗下著名的大型面包房。公司是上世纪初老板的祖父建立的，最近刚刚扩大规模增加了新的纸张产品线。) 文字的配图是两张照片。一张是几年前老板在照相馆里拍的头像照；另一张是人力资源经理的照片。后者既暗又模糊，显然是最近在他不知道的情况下抓拍的。图片的说明写道：他是因为离婚才获得该职位的。

“卑鄙小人！”人力资源经理咕哝道，“完全是站不住脚的诽谤……”

但老头想要的是行动，而不是抱怨。让他心烦的不是文章的语调——耸人听闻的新闻报道是如今的潮流——而是文章的内容。既然主编发善心给他们机会立即回应，这或许能化解对他们的指控，但假如他们对此不理不睬一个星期，那么这些指控就可能变得有模有样，他们最好查明这个女人是谁，以及为什么没人知道她的事情。实际上——为什么不呢？——他们应该联系卑鄙小人本人，看看他知道什么。谁也说不准他下一步要干什么。

总而言之，人力资源经理将不得不放下一切，集中精力应对这件事。当然，他明白他的职责不仅是处理假期、病假和退休，也包括处理死亡事件。如果文章在他们没有作出恰当回应的情况下发表，那它对公司非人道和残酷贪婪的指控就可能引发公众的抗议，并进而影响他们的销售业绩。毕竟，他们经营的不是一个普通面包房：每一条离开面包房的面包都关系到创始人的名誉。为什么要让他们的竞争者莫名其妙地得利？

“莫名其妙地得利？”人力资源经理对此嗤之以鼻，“谁会在乎这种事情？尤其是在这样的时候……”

“我在乎。”老板烦躁地回答，“尤其是在这样的时候。”

人力资源经理点点头，折起文章，不动声色地把它塞进口袋里，焦急地想要离开，以免老头不但要怪他人事记录有错误，还要把炸弹袭击怪在他的头上。“别担心，”他笑着安慰老板说，“我明天一早会首先处理这个女人的事情。”

身材高大敦实、衣着昂贵的老头在椅子上坐起来，脸色苍白。夸张的飞机头蓬得很高，在柔和的灯光下看起来犹如一只皇家雉鸡。名誉受到威胁的他用尽全力双手抓住经理的肩膀。“不是明天早晨。”他一字一顿地说，“是今晚。今天晚上。现在。一点时间都不能浪费。我要这一切在黎明前水落石出。明天早上，我们就把公司的回应发给报社。”

“今天晚上？现在？”人力资源经理大吃一惊。他对这事感到抱歉，但现在也太晚了。他要赶时间。他的妻子——就是他的前妻——去外地了，他保证过会照看他们的女儿，并开车送她去上舞蹈课；在公车爆炸案频发的情况下，他们都不愿让女儿搭乘公共交通。“为什么这么急？”他问，“那张该死的报纸每周五出版。今天才周二。我们有充足的时间。”

但老板太担心对他非人道的指责了。不，根本没时间了。这份每周末和全国其他八卦小报一起免费分发的报纸周三晚上就付印了。如果届时他们没能作出回应，那就得再等上一个星期；期间，他们会受到各方的指责。如果人力资源经理不愿彻底处理此事——那就让他这么说吧，另找他人不会有问题的——或许另找的人还可以来领导人力资源部……

“等一下。我的意思不是……”老板临时发出的最后通牒猛地击中他，让他感到困惑。“那我该拿我的女儿怎么办呢？谁来照看她呢？您见过她的母亲。”他苦兮兮地补充道，“她会杀了我的……”

“照顾她的人就在这儿。”老板打断他，指向行政经理。想到自己被委以这个麻烦，行政经理的脸立刻红了。

“您是什么意思？”

“你觉得我是什么意思？她会开车送你的女儿，像照看自己的孩子一样照看她。现在让我们卷起袖子好好工作，以证明我们跟那个卑鄙小人一样人道吧……证明我们是在乎的。看在上帝的分上，我的好员工，难道我们还有其他选择吗？没有，我们别无选择。”

二

“是的，甜心。是的，亲爱的，我明白。我知道你不需要别人开车送你。但为了你的妈妈，你就答应吧。也是为了我。最好还是让这个阿姨送你去舞蹈班并接你回来。别无选择。没有其他办法……”

他的女儿很失望，她要的是爸爸，而不是一名司机。他在电话里好言好语哄女儿的口吻是为了安抚她的情绪，听上去倒很像他的老板。

“你说得没错。”一分钟后他坦承道，这一次是为了避免和前妻吵架。他的前妻通过女儿得知他另有安排，便打电话来指责他不负责任。“我承认这点。我确实保证过。但现在发生了糟糕的事情。你就讲点道理吧。我们的一个雇员在一次爆炸中丧生，我必须去处理相关的细节问题。你总不想我丢掉工作，是吧？别无选择……”

这几个简单而坚决的字眼，“别无选择”最先出自他的老板之口，现在却像令人宽慰的咒语一般在他的脑海里回荡——这是一个漫长曲折的夜晚，他接手事情后的第一个夜晚，但到这个夜晚快结束时，他已经在想象死者的模样了。而且，在接下来的奇怪日子里——本周的周末便去遥远国度的大草原安排葬礼——这些字眼也在他的脑海里回荡——无论是在最难抉择的艰难时刻，还是在危机与不确定交织的瞬间——他用同样的字眼和他的同伴们团结在一起。这四个字像战斗中的旗帜标语，像来自灯塔的烽火在黑暗中闪烁着，给予他们勇气和方向。别无选择。他们必须一路走到底，哪怕这意味着原路折返最开始的地方。

他用这个短语警告他那未经允许便提前下班的秘书。就算她在电话里争辩说她已经放保姆回家，现在没人照看她的孩子，也没有用。老板追求人道的决心也带动了他。“别无选择。你可以把孩子带来这儿，我会照顾小孩的。我们必须尽快通过工资单查明那个女人的身份。你是唯一能办这件事的人。”

雪上加霜的是，一场暴雨就在那个时刻倾泻而下，早早地预示了那年冬季的丰饶[1]。那个冬天我们绝望地希望：相比我们所有的警察和保安，冬季能更有效地冷却我们的敌人对于自杀性袭击的狂热。干燥的乡村变得郁郁葱葱，地上盖满了我们已经忘了香气的花草。没有任何人抱怨倾泻而下、淹没人行道、阻碍交通的洪水，因为我们明白洪水带来的不仅是损失。许多东西会得益于蓄满水的土层，并在干燥炎热的夏季回来时给予我们安慰。

傍晚的第一缕暮色降临时，他的秘书穿得鼓鼓囊囊，浑身湿溚溚地赶到了办公室，起初人力资源经理以为她把孩子留在家里了。但当她折好雨伞，脱掉黄色的斗篷和毛皮大衣后，他看到她身上绑着的背袋里坐着一个脸颊红扑扑的健壮婴儿，婴儿的嘴里含着一只巨大的奶嘴，正好奇地打量着他。“这算什么包裹婴儿的办法？”他好奇地问，“小孩会被闷死的。”他的秘书以不同于平常上班时的生硬口吻反驳道：“相信我。”随即把婴儿放在地毯上，并给他换了一只干净的奶嘴。小家伙环顾四周，仿佛在寻找一个合适的目标；他吐掉嘴里的新奶嘴，翻身过来，趴在地上，手里攥着奶嘴，开始以惊人的速度爬了起来。“他由你全权负责了。”秘书还是有点不耐烦，但口气亲切了一些，“你说你会照看他的。”

她拿过报道，开始慢慢地读。然后，从不同的角度审视在死者口袋里找到的工资单上的模糊照片，她困惑地问正在照看爬行婴儿的经理：

---

① 耶路撒冷属于地中海型气候，特征为炎热少雨的漫长夏季，以及相对短暂、凉爽且多雨的冬季。

"这到底是什么时候发生的?"被告知爆炸发生的日期后，她贸然猜测说，这个女人起码在一个月前就离职了，无论是否有工资单，她已经不再是他们的雇员，这一整篇令人不快的文章完全是无中生有。

人力资源经理，一边盯着婴儿（婴儿已经爬到了通往走廊的门边，经理正在思考是否应该阻止他继续往前爬），一边苦恼地回答：

"无中生有，该死的无中生有。我们必须查明她是谁，为什么没人知道她。她究竟是离职还是被解雇了，为什么她还在领工资？一定在什么地方留有记录。让我们开始查吧。没有时间可以浪费了。"

他转身跟着婴儿——小家伙被走廊里的黑暗短暂唬住后，又迅速爬了起来，现在正爬向老板的办公室。

难怪他们二十岁时就准备好爬喜马拉雅山了，人力资源经理跟在婴儿的身后心想。婴儿不时毫无预警地猛坐起来，仿佛在思考要往哪里爬。跟在后面的经理身形敦实，身高普通，剃成板寸的头发里已经显现出了第一缕白发，年近四十的他深感疲惫和沮丧。他非常怨恨那个无名女子，她外出购物时连身份证都没带。现在要他负责查出她是谁，而他之前又累又渴，疲惫不堪，已经上了一整天的班。

婴儿爬到走廊的尽头，停在老板办公室的门口——把维护自己名誉的事情托付给他信任的人之后，老板此时正在享用一顿平静的晚餐。他办公室的门，用雅致的黑色皮带拴着，以保卫在门后发生的所有秘密交易；一只手里仍捏着奶嘴的婴儿被门挡住了，他着急地拍门，这时，秘书发出胜利的欢呼，谜被解开了。*毕竟我的严格管理还是很有用的*，人力资源经理心想，他趁婴儿还没来得及反抗，一把将他抱起，犹如一架被劫持的飞机，婴儿被高举着抱到他妈妈的身边，秘书色彩鲜艳的电脑屏幕上不仅显示了一份个人简历，还有一张照片，照片上，一个并不年轻的金发女子开心地笑着。

“找到了!”她宣布,“稍等片刻,我会给你一份纸质版。既然我知道了她是哪天开始上班的,我甚至可以查出你是哪天面试她的。”

“**我**面试了她?”抱着婴儿的经理惊讶地问道,婴儿正用一点点大的小手拧他的耳朵。

“不是你还有谁?你去年七月上任后下达的第一道指令就是,雇用或解雇任何人都要经过你的同意。”

“但她在这里是干什么的?”发现自己居然跟受害者有所关联让经理很不安,“她在哪个部门工作?谁是她的负责人?你的电脑里是怎么说的?”

电脑里并没有这些问题的答案。电脑显示的编码仅仅说明女人曾隶属于一支在公司各个部门流动的保洁队伍。“在这种情况下,”经理难过地低声说,“她去世时,一定是被忽视了……”

秘书是公司的资深雇员,对公司的好几项改进功不可没(*正是她把人事部更名为人力资源部*,并引进了电脑化的人脸扫描系统),她提出了不同的看法。“没人能在这儿销声匿迹。”她告诉依旧指望着她的经理说,“每个雇员,甚至是最底层的保洁女工,都会有人确保他们上班打卡并认真干活。”

她满脑子的行政工作,或许还有关于该事件的道德问题,以至于她似乎完全忘掉了她本不愿离开的家、等着吃晚饭的孩子们和正在狂下的暴雨。仿佛老板受到非难的人道精神也影响到了她,现在她积极地处理着第二项任务,准确无误地从一个文件柜里取出去年夏天招工面试的记录,就像她从电脑里搜出死者的信息一样。和面试记录钉在一起的是一份公司医生出具的简单医学报告,她在上面打了几个洞,也在文章和照片上打好洞,然后把它们装进一个黄色的文件夹里,作为“A套证据”递给了经理——诚然是很少的证据,但至少是一个开始。

婴儿大哭起来。秘书从人力资源经理的怀里抱过孩子，建议他要么去他的办公室细读这些文件，要么至少把头转过去，好让她有空间照料孩子。她要给他喂奶，否则他不会让他们安静地决定这个烂摊子该归咎于谁。甚至没等她说完这句话，她宽松衬衫最上面的一粒纽扣就松开了，顿时露出了半个胸脯。

三

至少我们现在知道该从哪里入手了，人力资源经理满意地走进他的办公室，在办公桌上理出一块放文件夹的空间。尽管没必要对这个四十八岁女人的快照多加研究，但她单纯的面容和明亮的眼睛还是抓住了他的注意力。她的眼皮到鼻子之间的弧形轮廓透出一种北欧或亚洲的异域风情。裸露的完美脖颈修长圆润。他一度忘记了她已不在人世，剩下的只是行政系统对她命运的漠不关心。

他有种想打电话给老板吹嘘自己进展迅速的冲动，但随着新一波的烦恼朝他袭来，他觉得这不是什么好主意。老头尽管十分在乎他人道主义的公众形象，但对自己雇员的权利却很漠视。就让他在坏名声里再炖一会儿吧！为什么要让他开心地觉得他的要求执行起来很简单，甚至很有趣呢？

他扫了一眼列出女人重要数据的页面，然后转向她的雇用表格，她的简历不像惯常那样是自己写的，而是他的笔迹，这让他吓了一跳。他显然是逐字逐句地记录了她的口述，犹如听写一份忏悔。

我的名字是瑞格耶芙，尤丽娅·瑞格耶芙，机械工程师。我有文凭。但我不是出生在城市，而是出生在一个小村庄。很远，离大城市很远很远。我的母亲依然住在村里。我还有一个儿子，现在是大孩子了，十三岁。他的父亲也是工程师。我跟他已经不在一起了。他是个好男人，但我们分开了。我离开他，跟其他男人在一起，那个男人也是好人。比他年纪大。但也不是大很多。六十岁。他的妻子去世很久了，他来我们城市、我们的工厂工作。我们在那里相遇。我很想要他来耶路撒冷，他说好的，于是我们就来到这儿，我、他和我的儿子。但他找不到给正经工程师干的好工作。他不想留在这里。像他这样的人，为什么要清扫街道，或当保安什么的呢？他回去了——没有回到我的城市，回了他的城市。他在那里有女儿和外孙女。我，没有牵挂，我想要留在耶路撒冷。或许这里很好。因为我喜欢耶路撒冷。这是个有趣的地方。如果我回去，我永远也不会再来这里。起初我的儿子也在这里，但他爸爸说这里太危险，一定要他走。“好吧。”我说，他就回去了。我留在耶路撒冷讨生活。有时日子很好，有时很糟糕。我给任何需要我的人干活，虽然我有工程师的文凭。有什么关系呢，或许我的儿子会回来。我的情况就是这样。现在我妈在村里，也想要来耶路撒冷。好吧，我们走一步看一步，或许她会来。

接下来的一份文件是女人签署的一则声明，这一回是人力资源经理本人口述让她听写的。我，尤丽娅·瑞格耶芙，临时居住证号码836205，同意从事分配给我的任何工作，包括上夜班。

声明下面的大字是她的签名和他的评论：

这个女人持有临时居住证。她没有家人，看上去身体健康，给人印象很好。她似乎很有上进心。虽然给她的第一份工作可能是服务性的，但她受过的职业训练可能会让她以后去面包房或纸张文具部的流水线上工作。

这下面是来自医生的简单备注：没有特别的健康问题。适合从事所有的工作。

前台那边，秘书也没闲着。她一边哺乳，一边很有效地电话指导家里给她的丈夫和孩子准备晚餐。然后，她自己也开始调查起此事，她利索地用对讲机询问日班主管是否留意到一个名叫尤丽娅·瑞格耶芙的清洁女工没有上班。她没有提女人死了，而是问她是辞职了还是被解雇了，以及无论是哪种情况，为什么人力资源部没有接到通知。

人力资源经理透过敞开的办公室门听到后，及时拿起话筒来听日班主管的回答。是的，他对被问及的雇员有些许模糊的印象，并且注意到她没来上班。但具体情况最好还是问直接负责她的夜班主管。日班主管有点厌烦秘书的语气，建议她让人力资源经理直接联系夜班主管。

然而，秘书是不会被日班主管的敷衍搪塞过去的。她礼貌地结束对话，一点儿也没提女人的死讯，仿佛那是她的一张王牌。她迅速招来人力资源经理。看来，在她的日常工作时间之外，她才是下达指令的人。

他走出办公室，看到一块气味刺鼻的尿布，证明哺乳已顺利完成。婴儿的脸颊红扑扑的，心满意足地蹬着小腿，秘书一边看孩子，一边对自己的直觉洋洋得意。“你等着瞧吧，”她说，“即使我们又发了一张工资单给那个女人，爆炸发生时她也不再是我们的雇员了。你可以告诉那个可恶的记者和他可爱的老板，该是他们向我们致歉了。让他们所谓的‘令人震惊的惨无人道’见鬼去吧。与此同时，也好叫你老板冷静下来了。”她最后扫了一眼屏幕上的清洁女工，说：“太可惜了。她是一个很有姿色的女人。”

“很有姿色？”人力资源经理皱起眉头，又翻开文件夹看了一眼照片，“我倒没觉得。如果她真有那么漂亮，我一定会记得她的。”

秘书没有立刻回答。她熟练地绑好新尿布，把旧尿布扔进废纸篓，系好背袋，把婴儿放进去，套上厚厚的毛皮大衣，披上哗啦作响的黄色斗篷。婴儿一下子就被藏起来，隐形了。她目光锐利地扫了人力资源经理一眼，仿佛第一次看到他似的，说：“绝对是的。不只是漂亮，而是美丽。假如你雇她时没有发现，那是因为你像蜗牛一样生活在你自己的世界里。你看到的美丽或优秀只是它们的影子……但为什么要为一个已经不在人世的人争论呢？我们又能证明什么？我最好还是跟你去面包房问问夜班主管，怎么会有一个员工消失却没人来通知我们。”

他深情地注视着她，对她脚踏实地的风格感到很满意。他从衣架上取下他的防风夹克穿好，关掉灯，然后才想起来问冰箱里是否有什么冷饮。

“你**现在**想要来一杯冷饮？”她打开小冰箱，发现里面只有一盒用来配咖啡的保久乳。

别无选择。他忍着恶心，慢慢地喝下这冰冷的液体。

四

一小时前，她还对于不得不返回办公室怨声载道，现在，心满意足的宝贝紧贴在她的怀里，包裹在冬衣之下的她倒是情绪高涨，她跟在他的身边，快步走在从行政楼通往面包房的平整小道上，硕大的面包房除了铅笔一样的细烟囱，一扇窗户也没有。雨水沿着好看的铺瓦屋顶一层层坠下，让人感觉这不是单独一场暴雨，而是许多场暴雨轮番而至，一场比一场猛烈。仿佛地球彻底丧失了靠一场雨一次性排空天穹的希望，便开始分次倾泻。

人力资源经理想到此刻正在照看他女儿的行政经理，相信这个头脑清醒的成熟女子会准时赶到舞蹈班以避免她的监护对象乘坐危险的公交车回家；如今，你甚至都不能认为大雨会推迟一个人肉炸弹的行动，因为做完告别祷告的人肉炸弹只会一心想着出发去杀人和自杀。一个谁都不记得的外国清洁女工居然能引发公司雇员间的一波团结热情，真是件怪事，他感慨地寻思。他一般都小心避免肢体接触，这时却友善地把手放在秘书的肩头，迎风喊道：

“我跟你说吧，这样会把孩子闷坏的。”

“反正闷不死你！”秘书抹去脸上的雨水，万分确定地大声回答：“我能感受到他的每一次呼吸。此刻他正向你致以最温暖的敬意。”

与此同时，暮色在暴雨中降临，我们整个夜班队伍到场了。我们一共九十个人，有男有女：料仓工、磨坊工、筛面工、揉面工，以及带着酵母和添加剂的实验室技工。技工们在巨大的工作间里走来走去，检查

控制巨型烤炉烘焙周期的刻度盘——生产团队站在密封的钢铁烤炉边，确保一条条金黄色的面包待在传送带上。此外，还有收集工、分类工和产品包装工，流水线上不断产出：整条和切片的面包、皮塔饼、硬面包圈、餐包、哈拉[①]、烤饼、油煎面包块、面包心。在外面的一个工棚里，铲车操作工和卡车驾驶员正隆隆地忙碌着，卡车会把产品送到全国各地。晚到的清洁团队也正紧锣密鼓地赶着开工，清洁工和我们其他人一样都穿着白色的罩衫，带着网盖帽，以防任何小头发丝掉进流转的面团里。清洁工拖着扫帚和摇摆的水桶，一边用力擦洗日班团队留在烤盘上的焦面包皮，一边偷瞄墙上的钟，确保它走时精准，不会在夜晚结束前抛下他们罢工。

这时我们看到了两个浑身湿透的人力资源部员工——一个身形结实的男人和一个穿着毛皮大衣加黄色斗篷的矮胖女人。不等他们说一句话，我们便在入口处拦住了他们，让他们穿好罩衫。

人力资源经理自觉地戴上帽子，朝工作间中央热气腾腾的钢铁烤炉走去。他曾经的工作让他很熟悉马路对面的纸张文具部，也喜欢在现场跟工人见面；然而，当面包房的员工来要求加薪或探讨一些问题时，他一般都会在自己的办公室接待他们。现在，面对面包房里这么多设置了漫长神秘烘焙周期并源源不断输出一篓篓面包的烤炉，他想起小时候他妈妈差遣他去当地杂货店买东西时的情形，一种孤独感涌上心头。

不过这个雨夜，他很庆幸，在漫长工作日的尽头迎接他的是这股暖香。前面等着他的将是一个昏乱的长夜。面团在视平线上滚向分类和发酵站，再从那里被送进隐蔽的炉火，这个熟悉的场景减弱了他对前妻的

---

① 哈拉（challah）是一种发酵鸡蛋面包，通常为辫子状，犹太教传统上在安息日、节日和其他仪式上食用。

怒气和对女儿的愧疚感。秘书的小孩从皮毛大衣的深处探出金色的脑袋，仿佛是受到了这个精力充沛的婴儿的感染，他自豪地看着流水线，开心地感受着面包房的声音、气味和场景。出人意料的造访激起了一些工人的好奇，在他们赶快去叫夜班主管时，秘书口气严厉地耳语提醒他不要提及有人死了。她似乎认为这个消息也小到可以藏在外套下面。

夜班主管很快出现了，他六十岁左右，身材瘦高，皮肤黑黑的。除了罩衫和帽子，他还穿着一条蓝色的技工围裙。忧虑写在他敏感精致的脸庞上。人力资源部的人在一天中这样的时刻突然造访，是不会有什么好事的。

“一个叫尤丽娅·瑞格耶芙的清洁女工还在这儿工作吗？”秘书连忙问道，以免人力资源经理不顾她的提醒，脱口道出那个女人已经被谋杀的事实，让夜班主管加强戒备，“她已经从我们的花名册上消失一个月了。”

夜班主管的脸红了。他似乎察觉出这是一个陷阱，尽管他怎么也猜不到这和死亡有关。他担心地扫了一眼围在他身边的清洁工队伍，示意他们散开。虽然他们像梦游的狗熊一般后退了几步，但还是继续围在他的身边，既想知道是什么情况，也对秘书怀里的小毛头感到好奇。

“瑞格耶芙？”身材瘦长的夜班主管摊开自己的双手，打量着它们，仿佛失踪的工人可能藏在那儿，“实际上……她不在这儿上班了。尤丽娅离开有一段时间了。”

他亲密地对死去女子直呼其名让人力资源经理吃了一惊。秘书像一条攻击目标的狗一般固执地追问。*离开了？怎么回事？她自己主动要走的？还是她被裁员了？如果是被裁员，那又是为什么？是因为违反了什么规定吗？替代她的是谁？*人力资源部没有任何记录显示清洁工队伍有所减员——而且无论如何，请夜班主管见谅，但作为一个资深雇员，他应该清楚任何人事方面的改变都必须报备并得到批准。为避免混乱和损害，这样做是有必要的。

“损害?”皮肤黝黑的夜班主管口气嘲笑地问道，“一个临时清洁女工的离开能造成什么损害?”

人力资源经理对秘书的诘问无所准备，等着看她何时才会挑明那个女人已经死了的消息。秘书倒是不着急。她瞪了一眼夜班主管，像是对他怀有一种奇怪的敌意，仿佛他是她的首要嫌犯。

“什么损害?”她重复道，“假如我们的前员工违反了法律，但名字却依然在我们的工资单上，我们也在继续为一个不再在这儿工作的人支付社保和雇用税，你想象一下我们的窘况吧……”

夜班主管确实表现奇怪。他没有给出直接的答案，而是继续问为什么质问他。为什么在这样一个雨夜质问他？为什么在白天上班时间结束后来质问他？他知道那个女人并没有投诉什么。

“为什么你如此确定?”秘书问。

因为那不像是她会做的事情。她不是爱投诉的那类人。

“那么你为什么解雇她?”

谁说她是被解雇的?

“那么发生了什么？你为什么闪烁其词?”

夜班主管是害怕被揪出错误吗？他没有回答这个问题，而是请求知道他们是否跟那个女人有联系，有还是没有。

“还没有。”秘书说着，朝人力资源经理会心一笑，“但我们可能会联系她。”

这一下她编过了头，人力资源经理心想。然而他继续保持沉默。金黄色的灯光和面包房里的阴影投射在他的帽子上，让他看上去像一个老妇人。

“其实，这都无关紧要。我只是问问。”夜班主管让步了。如果他们跟那个女人谈话，她会证实他的说法的。尽管她不是被解雇的，但她也谈不上是辞职。情况更像是……在双方共同认可的情况下中止雇用关系。当然，他本应该提交一个报告，但这只是手续问题。毕竟，管理方和工会都无权反对终止一个尚在试用期的员工的工作。倒不是说她不是一个好员工。事实上，她的工作表现无可挑剔，尽管工作内容远在她的职业水平之下。“你们人力资源部派她来做清洁工，却没有意识到你们面对的其实是一名训练有素的工程师。”所以他建议她另找一份更好的工作。他不忍心看她每天晚上提着水桶和扫帚走来走去。

不过，虽然最后这个直截了当的解释对人力资源部的代表而言应该是足够了，但它却没能让雪貂一般的秘书满意。她面无惧色地对着夜班主管，她的头发有点从帽子里钻出来，敞开的毛皮大衣里露出挥舞着胳膊、腿蹬得犹如小马达的婴儿。

“那么就是这样了！你解雇了一个工作完全令人满意的员工，因为你为她感到遗憾。你至少应该问一下我们是否能在其他地方给她找一个更合适的岗位，也许在纸张文具部……”

但夜班主管受够了。他赶走了依然围在他身边的工人们，告诉他的质问者他有事要去另一个楼层。他还是不明白他们想要从他这里了解什么。这一切不可能仅仅是因为公司多付了一点社保费用。如果那是问题的症结，那么他们大可以从他下个月的工资里扣除那些钱作为了断。

我为什么不说些话来阻止这个讨厌的秘书攻击一名资深雇员呢？人力资源经理自问道。面包房里的温暖和好闻的气味让他沉醉，他觉得自己一定是在做梦，只听到夜班主管再度发问：“发生了什么事情？她跟你们有联系吗？告诉我真相。”秘书回答：“事实上，她有跟我们联系。但事情不是你想的那样。”

是时候发话了，否则就太晚了。“她在上周的自杀性爆炸中死了。”人力资源经理宣布。

仿佛集市里一连串的炸弹再度被引爆，夜班主管的脸一下就红了，他踉跄地后退几步，抱住自己的脑袋。

“我不信……”

“你最好相信。”秘书说，似乎真的很满意这样的效果。

这一次人力资源经理打断了她。他尽可能简要地跟夜班主管讲了将要登报的文章和老板的担忧——老板担心那篇文章会影响他们的销售。

“你私下终止雇用关系让我们处境尴尬。”他难过地说，“但至少我们现在知道她死的时候已经不再为我们工作。这意味着我们不用为她负责。”

虽然夜班主管明显很是震惊，但秘书对他的敌意却没有减轻。人力资源经理再次把手搭在她的肩头，轻轻地说：“那就这样吧。时间很晚了。而且这场雨也没有要停的迹象。我们已经了解了我们需要知道的情况。谢谢你的协助。我可以就此接手处理。你的孩子正等着你……”

他感觉异常激动，还亲了一下婴儿的脑袋，感谢他表现如此之好。

这个小男孩甜甜地闭着双眼，任由奶嘴从口中滑落。

完成了侦探任务的秘书扣好大衣，摘掉网帽并交给夜班主管，主管小心地将它折好放进口袋，仿佛它是他刚听说的死亡所留下的最后痕迹。此刻，秘书正出神地凝视着蜿蜒漫长的流水线上一个个缓缓升起的面团，它们正移向火热的烤炉。眼前壮观的场面和她刚刚质问的男人的级别让她清醒过来，她后悔地笑笑，询问作为人力资源部的员工，她是否也跟面包房的工人一样有权每天免费拿一条面包。

听到质问者的要求，夜班主管微微一笑。他拿起一个大袋子，往里装了三种不同的面包、两包甜面包干、各种各样的油煎面包块和面包心，并叫一个工人把它送到秘书的车里。人力资源经理也想要一些吗?

人力资源经理想了想，回答说:

“既然想到了，为什么不呢?”

五

拿了一条面包后，他坚决不要再拿第二条了，仿佛这可能是一种危险的不当行为。不过他却没有跟他的秘书一起离开面包房，而是跟在夜班主管旁边，主管急匆匆地赶往另一片更大的工作区，那里摆着一个更大的烤炉。两名技术员正等着获批点燃它，这是一个涉及一系列独立开关、刻度盘和升降机的过程。一分钟前还犹豫不决的主管，此时却干脆权威地下达指令，烤炉随即低嚎一声，就像一只从沉睡中醒来的训练有素的马戏团动物。人力资源经理在暖香的笼罩下，看着工人们协调地完成各项任务。他感到一阵妒忌。在这样暴风雨大作的夜晚，做这种简单的事情要远好于处理脆弱万分的生命。在这里，错误都可以靠按按钮来纠正。

夜班主管不喜欢被人到处跟着。随着一声呜呜的轻响，烤炉被点燃，规律地嗡嗡运转起来，他立刻问人力资源经理，到底还有什么事情？他，夜班主管，不是已经保证明天早晨结束工作后去老板办公室承认错误，并提出从他的工资单上扣钱了吗？一条开始咔嗒咔嗒运行的新传送带吸引了人力资源经理的注意力，他回答说，他们应该先等着看看周报是否会取消那篇文章，夜班主管愁眉苦脸地断言：

“他们永远也不会取消任何东西。”

“为什么不？那个女人死的时候显然和我们毫无关系。”

“不要天真了。她跟我们是否有关并不重要。那个记者不会放弃他的故事。假如我们在一件事情上纠正了他，他就会在其他地方找我们的茬。

我们应该让他发表那篇文章。何必大惊小怪？人们拿起周报是为了看餐馆点评和二手车广告，仅此而已。就算有些人确实看了那篇文章，他们也会在看完前忘记……”

人力资源经理突然意识到一个新的矛盾之处，问道：

“如果你真的为她感到遗憾，你为什么不等她找到一份新工作？”

“你怎么知道她没有？”

“因为她一文不名。她的购物袋里除了烂水果，没有任何东西。”

“这太荒谬了。”夜班主管激动地说，“爆炸过后，谁能分清烂还是不烂？听我的劝，算了吧。不要跟一个讨厌的记者搞。最后，没人会记得……”

经理沉默地注视着主管。他兴奋地产生了一个新的想法，他跟自己说，今晚结束前我要让老头子大吃一惊。他摘掉网帽，交给夜班主管，后者把帽子塞进口袋里，和秘书的帽子放在一起。然后，经理挥手道了晚安，转身穿过温暖的大工作间，朝外面的行政楼走去。在出口处，他被清洁女工围住，她们热切地想要了解工友的死讯。但他能告诉她们什么呢？他知道的并不比她们能告诉他的多。这是一个有着许多角落的大型面包房，每个清洁工都独立工作。作为一名担心失去工作的临时工，死去的女子比她们其他人工作更努力，从来没有停下来和别人闲聊过。

外面还是狂风暴雨。一队军用卡车驶进面包房的大院子里，嘶嘶地在装卸台前停成一排。人力资源经理突然有种冲动，想要问工人们是否也和秘书一样觉得那个女人很漂亮。但他克制住了，因为他不想被错误地怀疑别有动机，尤其此事涉及的还是一名死者。

他竖起薄外套的衣领，跑回行政楼。

六

他回到办公室。再度考虑向面包房老板汇报他的进度。又再度忍住了。他不会透露自己的计划，让老板为他的人道主义抓狂去吧。

他打电话给周报，要求跟主编兼发行人通话。对方秘书听上去活泼精干，很像他自己的秘书，她说老板不在，并且接下来的二十四个小时内都不会在。很久没休息的老板正在度假给自己充电，甚至没带手机。也许她能帮忙解决来电者的问题?

人力资源经理再度感觉到某些人是多么积极地愿意代他们的上级行事。他自我介绍后谨慎地询问她是否了解那篇文章。

她倒是什么都清楚。事实上，她认为自己也有参与此事，是她建议主编作为朋友提醒面包房老板的。而且，也是她敦促老头在明天文章产生重大影响前递交解释和道歉信的。

“但这正是问题所在!”人力资源经理激动地说，“我们不会做任何道歉。我们只是要解释清楚。”整个指控的基础是一个错误。初步调查显示，死去的女子尽管曾经在面包房工作，但爆炸发生时已经没有被雇用了。因此公司及其人力资源部都并非冷酷无情或失职。如果主编真的没有带手机，虽然他对此表示怀疑，那么他建议她行使她手上的权力，取消文章的发表。

“取消发表?”秘书听上去很惊讶，仿佛她被要求取消的是明天的日出。绝对不行。这没有可能。此外，人力资源经理有什么好担心的?文章出现时，边栏里会一并登载公司的回应，周报的读者们可以自行作出判断。

“但那太荒谬了！”人力资源经理生气地抗议，“凭什么让你们的读者在这样的时候阅读更多的恐怖故事？”

秘书坚守阵地。她尊重人力资源经理为公司开脱的一切努力，但未经作者的许可，她无权取消或推迟文章的发表。如果此事至关重要，那么人力资源经理应该直接联系作者并说服他作出改变。他有一整晚的时间可以与之商榷。

“那个卑鄙小人？”

“卑鄙小人？”她显示出一种活泼欢乐的惊讶，“哈哈，我喜欢这个描述！你这么说作者，是因为认识他本人，还是单看他的文字？”

“光看这一篇愚蠢的文章就知道了。”

“嗯，你完美地抓住了他的特点。他看上去不像是卑鄙小人——一点儿也不像——但他的人就是这样的：反应快，狡猾，能够潜入任何隐秘之处并出其不意地咬你一口。但你说说看，”主编的秘书犹如宣读信条般地继续说道，“如果没有卑鄙小人，谁又能让我们保持警觉呢？每份报纸都至少需要一个这样的人。只要一个，不过……一个就足够了，哈哈……”

为表示她对该称呼的欣赏，她甚至准备给他卑鄙小人的电话号码了。

坐在黑漆漆、空荡荡的行政楼里，这样一番戏谑却毫无进展的谈话让他深感郁闷。他为什么要如此固执？他在为什么而战？为了掩盖夜班主管的重大失误？是为了向年老的老板显示他之前的金牌销售依然能掌控全局，是最不该被威胁解雇的人？还是——他能感觉到一个念头从脑海里冒出来——为了一个不远万里来到耶路撒冷当清洁女工的工程师，为了恢复她的尊严？为了让她——她和任何爱她的人——知道她的苦难和死亡没有因为任何人的冷酷无情而被忽略？

他打开桌上的台灯，慢慢地端详电脑里她的照片。她漂亮吗？很难说。他关了文件夹，打电话到家里询问舞蹈课的情况。

电话没人接。他女儿的代班家长只能通过手机联系到。她跟两名秘书一样充满活力，她用略带英国口音的音调告诉他说舞蹈课十五分钟前结束了。他们还没有回到公寓，因为他女儿把作业忘在一个朋友家了，所以他们不得不开回那儿去拿。

“再开回去？在这样一个下大雨的夜晚？”

“我能有什么办法呢？大雨确实很不方便。”但没有必要不开心，行政经理说，巧妙地为孩子的大意辩护。她正在一家不错的咖啡店里等她，她甚至不是一个人，因为她的丈夫也在帮她一起照顾孩子。此刻他正坐在她的身边，喝着啤酒。人力资源经理有的是时间——比如一整个晚上——处理对公司的恶意诽谤。她和她的丈夫习惯于照看十几岁的小姑娘。他们在美国的外孙女就是这个年纪。

“整个晚上？”她的慷慨让他恼火，“花一整个晚上干什么？一切都已经圆满完成了。”他很快就能回家解放他们，他说，并自豪地宣布他已经查明了死去女子的身份。她姓瑞格耶芙，在面包房里进行的短暂问讯成功地揭示出她的工作早已被“终止”。尽管公司确实签发了一张让记者揪住小辫子的工资单，但她在爆炸时已经不再受雇于公司。他已经尝试让报纸取消发表那篇文章，因为主编不在所以需要联系作者。

行政经理的反应很热情。取消发表是最好的解决办法——比他们做出回应要好很多。这事就是为了让老板安心。“要坚持这个解决办法。”她敦促人力资源经理，“我们会照顾好你的女儿。你则确保全力处理那个女人的事情——放心吧。现在就去找到记者……”

人力资源经理叹了一口气。“他真是个卑鄙小人。”他说，“他一旦咬住某人，就不肯放开。他会越挖越深，发现比文书错误更严重的问题。”

“比如?”

“我怎么知道?他会编出些有的没的。可能涉及夜班主管……”

“但为什么要往最坏的地方想呢?”

“他为什么不接电话?我打赌他有主编的手机号码。”

然而，行政经理太了解她的老板了，无法表示赞同。处理文书错误不是他的强项，他容易糊涂或激动，而把事情搞得更糟。时间是关键。周报明天就要付印，而老头现在却在一家餐馆吃饭，吃完还要去听音乐会。

“让他见鬼去!他听音乐会，吃大餐，我们却在为他的名誉而忙碌?”

行政经理是一个乐观的人，她试图纠正他的想法:“是我们所有人的名誉。这也事关你们部门的正常运转。别去烦老头了。让他听他的音乐。他还能享受生活多久?你不必担心。我和我丈夫会照顾好你女儿的。”

对女儿的爱怜在他心里翻腾。行政经理不是也说她很招人喜欢么?

“她是个好姑娘。”行政经理保持了她一贯的诚实，“她只是……生活在她自己的世界里。有点缺乏条理。很难说她想要什么。但不要担心。最后她会找到自我的……”

人力资源经理紧紧地闭上了眼睛。

七

手机里，伴随着自命不凡、懒洋洋且慢吞吞的语调，传来阵阵咚咚咚的音乐。卑鄙小人一定是在参加婚礼或混在夜总会。不过就连吵闹的背景音乐也没能阻止记者粗暴地骂他的主编提前给公司老板看了他的文章。“那家伙是个道德无赖、职业操守的叛徒。”他说，“现在我明白那个小杂种为什么匆忙消失了。”当他的摄影师指出面包房老板还有一个卖新闻用纸给周报的纸品部时，他就开始害怕了。“那么你要告诉我什么？”他问人力资源经理，“告诉我你们因为新闻用纸卖价合理，所以可以免受道德指责？你们为什么不等一个星期再作回应？你们是在企图扼杀我的文章。你们是真的害怕发现自己是多么不人道，还是只是担心失去生意？如果是后者，那么我只能说发现这样天真的资本家让我吃惊。我只希望有人会因为我而抵制你们。不过，你们不需要担心。没人需要担心。如今保持人性对谁都是个太高的要求，谁还会在意一个大公司的不人道？大家的生活都是一团糟，人们甚至会欣赏你们的强硬。假如某个流血的心脏因此而感到不快——那又如何？你们以为他会在超市里从一个货架走到另一个货架，抵制你们的产品？一派胡言！你们是怎么了？你们一定是相当不自信，才会对一个小小的指控如此敏感。不要小题大做了。就说你们很对不起；就道个歉。只是请你们先等一个星期再说。”

“没人感到对不起，也没人要道歉或在等什么。”经理扯着嗓门以压过音乐的音量答道，“你把一切都弄错了。那个女人一个月前就离职了。爆炸发生时，她已经不再是我们的员工，即使我们错误地仍把她留在发工资的名单上。我已经查明了一切。当时我们没办法知道她已经死了，也没有责任去了解。我们希望你能公正地撤掉你的文章。”

卑鄙小人自命不凡、慢吞吞、拉长调子的说话方式说明他根本没有这种打算。“那跟这事又有什么关系？你以为事后解雇她就能抚慰你们的良心了？如果她被杀害时还带着你们发的工资单，那她显然认为自己是你们的员工。你这样含糊其辞是想证明什么？你们当然要负责！你们不仅要向她道歉，还要向她的亲朋好友致歉，假如他们知道她去世了，或许会为她操办一个体面的葬礼。像她这样一个孤单的雇员，肯定是被你们竭力剥削的，致歉是你们能为她做的最起码的事情了。如果你们想要被宽恕，你们就必须向我们的读者保证将来再也不会如此冷酷无情——这是让他们忘记我写的东西的唯一方式……”

人力资源经理再也耐不住了。

“在这个国家，没有任何事情会被忘记。在你审判我们、对我们发号施令之前，或许你可以告诉我，你是如何参与到这一切中来的。工资单被发现后，为什么医院没有直接联系我们？为什么太平间没有联系我们，而是联系了媒体？”

“首先，”记者继续拉长调子说道，“他们没有联系媒体。他们联系了我。其次，急诊室没有时间处理这样的事情，因为他们忙着抢救她的生命。她死后被放在太平间里，因为没人来认领她的尸体——我碰巧有处理其他案子的经验，所以我知道她就是这样在警方和医院的推诿间变成了无名氏。这不是谁在故意推卸责任的问题，而是不知道怎么处理一具无名尸体的问题。太平间主管是我的熟人，他花了几天时间一样样检查她购物袋里的东西，最后在一堆烂水果里发现了那张工资单……在我继续说下去前，顺便问一句，那张上面甚至连接受人姓名都没有印的微薄工资单是你签发的吗？”

“没有印名字是因为每位员工的薪资都有所不同。我们不想因为单据误落入别人之手而引发比较和抱怨。”

“我就知道是这样的！”卑鄙小人咯咯地笑了，“分而治之！隐瞒剥削！你们这些人的典型伎俩。但我偏题了……长话短说，太平间主管，作为一名病理学家而非社会学家，不知该做什么，便来向我求教。过去的一年里，因为我写的一些关于医院治疗爆炸受害者的特稿，我和他成了朋友。我担心他已经对媒体力量产生了不加批判的信任……”

“那**你**看到单据时，为什么不联系我们？”

“因为那个时候我已经对你们的冷酷无情感到愤怒，我决定要公开给你们一个教训。像你们这样的大公司对一名在恐怖袭击中丧生或受伤的低级别雇员或临时工置之不理，已经不是第一次发生了。”

“就听听你自己说的话吧！”经理终于明白了故事是如何开始的，他喊道，“你指责我们不人道——然而，把那个女人单独留在太平间，以便多此一举地教训我们的正是你……”

“什么叫单独？”卑鄙小人被逗笑了，“那里有的是人陪她。”

“你知道我说的是什么意思。我是指让她身份不明，好让你添油加醋地写一则故事。”

“现在你给我听着！”这时记者也发火了，“在那种情况下，我写东西一般都会围绕一个中心思想——即揭露优势群体的傲慢，以及他们对弱势群体的践踏。你们不用担心那个女人。就她而言，她可以在太平间待到天荒地老。我见过有些尸体躺在那里几个星期后才被查明身份、埋葬。一些尸体甚至永远也没被查明身份。别忘了这个太平间是隶属于大学医学院的，学生在那里上他们的解剖课。全是为了科学。一年前，我写了一篇关于它的特稿，还配有照片——有品位的照片，你只能看到尸体的轮廓。但报纸还是对发表它提心吊胆。”

“我才不信呢。”人力资源经理悻悻地说，“要是你真喜欢科学，那打着为死者的尊严而战的旗号又算什么？”

狂野的音乐突然就停了。

“死者的尊严？”卑鄙小人听上去真的很吃惊，“你真的认为那是我斗争的目的？很抱歉，先生，但你搞错了。我本以为到现在你已经意识到，我在乎的根本不是死者。生死的界限对我而言是很明确的。死人就是死人。无论我们给予他们多少尊严，无论我们对他们怀有多少恐惧或内疚，一切都完全是我们自己的感受。跟他们毫无关系。我以为作为一名人事主管你会明白，如果我感到痛苦或悲伤，那也是为了无名的生者，而不是没有尊严的死者。你可以认为我是一个浪漫主义者或神秘主义者，但‘令人震惊的惨无人道’是你们犯下的。你们轻易遗忘了一个没有来上班的员工，这也是不可原谅的。到处都是没有工作的人，你们可以找别人来干她的活，所以有什么好担心的呢？假如我让她身份不明的状况多持续几天，那也只是为了感官冲击一下看厌了我们报纸的读者。”

“这正是我要指出的。”人力资源经理说，“你根本不在乎她。你只是想构建起一个案例。这是一种最糟糕的揭发丑闻的手段。”

“我还能做什么呢？”记者叹了一口气，“我们生活的时代就是这样的。你没办法卖掉一个想法，无论你是多么激情满满地相信它，除非你能炮制出一则关于该想法的丑闻。相信我，要不是主编太过拘谨，我会派摄影师去拍那个女人躺在太平间里的景象，因为太平间主管告诉我……他说她……我的意思是……在他看来……她是一个漂亮女人。或者说是长相特别，无论如何……”

人力资源经理觉得他快要窒息了。“漂亮？长相特别？难以置信！你怎么敢这么说话？你俩真是好朋友，他让你看了一场偷窥秀。不要否认！你让我作呕……”

“冷静点。谁说我看见过她?”

“你才是丑闻，不是我们。”他失去了自制，“你抱怨我们不人道，但你并不介意你的朋友滥用职权告诉你关于死者的私密信息。一个漂亮女人?谁给他权力来讨论她的?这就是处理一名恐怖袭击受害者的方式?难以置信!那个男人让我恶心——而你则是他的同谋。我想要投诉你们两个人。你们有什么资格来给受害者漂不漂亮打分?你听好了：我从开始读你文章的那一刻起就感觉恶心。那篇文章不仅仅下流，还是病态的……”

电话那头传来一阵满意的咯咯笑声。

“就算如此吧，但又有什么不可以呢?当我们周围的一切都在坍塌时，抵抗就是病态的。”诚然，他的朋友称赞女人漂亮——对此卑鄙小人也坦白承认，最初正是这点激起了他的兴趣。但为什么人力资源经理要感到惊讶呢?如今他知道她是谁了，他肯定会记得她的。

“记得她?我当然不记得她!”被指与死去的女人有关再度让他有所畏缩，“我怎么可能记得她?我们公司有两个分部，一共雇用了三百二十个工人三班倒上班。谁会记得他们中的每一个人?”

“那么，你至少可以告诉我她的姓名。她做什么工作?她的档案里一定有一张照片，可以提供给我们发表。还是你要把照片留到你们道歉时一起发?这能给故事增色。我们的读者肯定会喜欢它的……”

“一张照片?别做梦了!你也不可能从我这儿知道她的名字。你不会得到任何信息，除非你保证完全撤下你的文章，或者至少把语气改得和缓一点。”

“但我为什么要这么做呢?这篇文章写得很翔实。我愿意做的一件事是更加彻底地调查整个事件。一家公司怎么会解雇了一个人却依然把她列在发工资的名单上?我不介意调查一下……她值得我那么做……”

“为了什么目的？为了说更多的谎言和犯更多的错误？告诉我：当耶路撒冷在燃烧时，这样的事情还重要吗？我甚至不是指你们在大街上未经我的允许就给我拍照，或者曝光我离婚，仿佛那是有关公众利益的事情，尽管你们本可以至少不把我个人的离婚扯进来……”

“为什么不呢？别跟我说那不是真的。”记者说，“我已经跟你说过了：一点点无伤大雅的流言蜚语比这世界上一切的概括都能更好地证明一个论点。公众有权知道大公司是如何分配工作的。凭什么说这些不重要呢？人们喜欢看关于恐怖袭击的报道。恐怖袭击不是抽象的事情。它们就发生在家门口，也可能发生在他们身上。我们都是把自己放在第一位。下次你去咖啡店，不妨留意一下里面的顾客。你会发现，尽管对现状感到沮丧和不满，但他们还是很高兴的，高兴自己还活着……你为什么要对我如此生气？不该让我承受你的怒气。假如你见到我本人，你一定会记得我们曾经在大学里同班过，那是一门关于希腊哲学的入门课程。所以当我发现你是这家公司员工部的领导时，我很吃惊。我不能想象你做这种索然无味的工作。我不觉得那个可怜的女人隐没在你所有的文件中是纯属巧合。她一定是一名清洁女工之类的……”

“之类的。”人力资源经理的面部抽搐了一下。

“难道你不能至少告诉我她的名字吗？”记者恳求道，“你明显是知道的。”

“我不会告诉你任何信息。”

“无论如何你将不得不在你们的道歉中提到它。”

人力资源经理感觉卑鄙小人的牙齿咬进了他的喉咙里，很后悔给他打这个电话。

“不，我们不会。”他抗议道，“我们不会泄露任何细节。最终，我们甚至可能选择不做回应。你只是想让我们难堪，不断地用不正当的手段攻击我们。我们为什么要帮你呢？你可以四脚着地在黑暗里爬行，卑鄙先生，你可以像一只瞎了眼的动物一样爬行，含垢忍辱……”

电话的另一头没有表现出惊讶或生气，只传来一阵透着满意的咯咯笑声。人力资源经理挂了电话。

八

此刻他不仅疲劳入骨，还饿得要命。再度打电话询问女儿是否到家前，他先走进了男洗手间。一名新员工正在里面打扫，他从未见过这个年轻的金发女子。他在下班后出现让她吃了一惊，她后退一步，他则和蔼地示意她继续，然后转身去了女洗手间。在他秘书的倡议下，女洗手间里装上了一面全身镜。静谧的夜晚，面对镜子，他看到了一个三十九岁的男人，中等个子，身材健硕，头发剪成很短的板寸——这是他当兵多年留下的痕迹。最近几个月里，他不喜欢自己的模样。一股阴郁之气笼罩着他，让他眉目紧锁犹如受了轻伤。你在担心什么？他默默地叱责镜中闷闷不乐地凝视着他的人。仅仅是因为老板对他自己的人道名誉过度担忧？还是因为担心周报发表他自己的照片和对他离婚的冷嘲热讽？现在他意识到，记者比他想的还要狡猾。除了要求他们明确道歉，他还会继续调查，并为下周的报纸想出一条新指控。他一旦知道女人的名字，那他找到她的工友们就只是一个时间问题。一个能在太平间交到朋友的人一定也能在面包房交到朋友。那儿已经有人泄露了他的离婚和他的新工作之间的关联。他确定不是他的秘书说的。她在乎的倒不一定是他的名声，而是人力资源部的名声。

他一边朝脸上泼水，一边思考着对文章根本不做回应这一选择。冷淡的沉默或许是最好的策略。但这样一个策略会让老板说他是在逃避责任，这是他最不想要的结果。他用一把小细齿梳子梳了梳他的板寸头，又从口袋里掏出一小管凡士林抹了点在干裂的嘴唇上，然后返回男洗手间，决心弄明白新的清洁女工是谁，以及是谁雇的她。但她已经走了，像幽灵一样消失了。

行政经理不等他开口就知道是他。“我们都很好。”她语调轻快地让他放心，“我们正在走回车子，所有的功课都拿齐了，还包括她周末的作业。我们一回家就做作业。我会辅导她英语，我丈夫会辅导她数学。你要跟她打招呼吗?”

他女儿惯常的疏远语气里透出一丝新的乐观调子。“是的。”她告诉他说，“他们很好，他们保证会帮我一起做作业。你不用急。”

她傻笑着把电话交还给行政经理，后者询问文章是否被撤销了。

“根本没可能。我就不该跟那个卑鄙小人提这事。他不但一个字眼都不会撤销，还打算再写一篇文章。”

“嗯，别急。你有整个晚上。我们会在这儿照顾你的女儿。我们哪也不去……”

“我不需要整个晚上。”他说，“我已经开始从一个不同的角度更理智地思考它了。我们为什么不让文章出现，然后由它自生自灭呢？如果你给我老头的手机号码，我可以在音乐会前找到他。”

不过，行政经理不会为了这样一个不成熟的主意而透露老板的信息，尤其不会在音乐会前。为什么要投降呢?“仔细想想。”她说，“不要匆忙作决定。记住你有整个晚上的时间。”

他想要刻薄地评价一句“整个晚上”这个说法，但考虑到女儿，他克制住了。他没骨气地跟她道了晚安，伸手拿过他的那条面包，举到鼻子前闻闻它新鲜的气味。他是应该现在就回面包房提醒夜班主管提防记者的计划呢，还是可以等到明天?

虽然他本来是打算把面包带回家的，但他还是忍不住想咬一口。没有刀，他就用有力的手指撕了一块，然后打开秘书的冰箱寻找可以用来涂面包的东西。冰箱里除了一块黄色奶酪，他什么都没找到，尽管确信秘书不会介意他吃掉这块奶酪，但想到明天早上还要为动了她的私人物品道歉，他就忍住了。她对他和夜班主管随便的新态度已经够糟糕了，没必要让一块奶酪进一步降低他在他们之间建起的屏障，尤其是在他再度恢复单身后的近几个月里。

他咬了一口什么酱都没涂的白面包，却发现很好吃。他以前在家吃的是同样的面包吗？他的前妻有没有在超市寻找他们面包房的商标并购买以表支持？一旦了结了这一切，他打算要求给所有的行政人员每天都发一条免费面包。他又撕了一块面包大声地嚼起来，一边翻开薄薄的文件夹，第三遍阅读他当时听写下来的死去女人的简历。

电脑打印出来的资料显示了女人的出生日期、出生地和在耶路撒冷的住址。为了更好地理解他之前没看出来的女人的美丽，他俯身仔细打量数码照片上的脸蛋和像天鹅一般纤长的脖颈。秘书是对的吗？他是不是像蜗牛一样生活在他自己的世界里，任由美丽和优秀像影子般地逝去？就算真是这样，她也该态度好一点。过去在军队里，他因善于管理手下的女兵而有点名气——直到他结婚。

他合上文件夹，撕了第三块面包吃，又走向柜子去拿夜班主管的资料。主管的文件夹又厚又破，里面有一张电脑时代前的黑白照片，照片上的年轻男子很帅，身穿一件军队军械部的技术员制服，明亮的黑色眼睛里充满了对这个世界的希望和信任。人力资源经理一页页地翻看着文件夹里的资料。里面有要求加工资和休假的申请，有男人结婚和他的三个女儿出生的公告，还有特别的晋升通知，以及相应的唠唠叨叨说他还没拿到所加工资的备忘录。总而言之，他的职业生涯波澜不惊。唯一的污点是，十年前因为疏忽让一个烤箱过热受损而被老板训过，他的档案显示他是一个努力工作、逐渐被提拔的员工。虽然他穿着技术员的罩衫，双手沾满油污，但他赚的钱是人力资源经理的两倍。

现在那条面包看上去仿佛是被老鼠啃过的。他把剩下的面包扔进废纸篓，穿上遭雨淋后依然有点湿的外套，重返此刻几乎已经消失在浓雾和烟囱喷出的烟雾中的面包房。

九

由于周二是面包房完成军队订单的日子，所以烤箱和传送带依然在全力运转中。他问一名女清洁工要了罩衫和网帽，就去提醒夜班主管不要跟记者谈话。他花了一点时间才找到主管；主管和两名技术员在一起，他们三人正在检查一个烤箱的内部，试图找出它发出尖利噪声的原因。

人力资源经理又一次妒忌面包房的员工只要跟面团和机器打交道。烤箱边的热气，再加上穿着罩衫和围裙，让夜班主管的脸有点红，他正和两名技术员热烈交谈。在他衰老忧愁的脸庞上，人力资源经理依然可以看出当年那个在军械部充满活力的黑眼睛小伙子的影子。

他们的目光相遇。主管看到他似乎不觉得惊讶，或许他意识到机关枪般咄咄逼人的秘书的调查并没有了结死去女子的事件。人力资源经理一心想要避免他在技术员面前尴尬，便友好地挥挥手问：

“我能占用你几分钟的时间吗?”

主管最后扫了一眼烤箱。依然担心烤箱所发出的噪音，他下令叫技术员压压火。

“调低几度。”他说。

十

雨下了一天，结束营业时简餐店的地板就像屠宰场一样泥泞，最后一批食客离开后，我们舒了一口气，刚把椅子都放到桌上准备拖地，他们两个人就从黑暗里走进来了。一整天客人不停地涌进我们店里吃东西躲雨，让我们疲惫不堪，尽管如此，我们又怎么能把他们拒之门外呢？两人中的一个是较年轻的人事经理，我们认识他的秘书，因为他们公司为行将退休的员工举办欢送会时，是她安排我们做餐饮服务供应商的。另一个人是他们的夜班主管，他是我们的常客。假如两位资深员工觉得我们这家简餐店是整个面包房周围唯一温暖安静的地方，那么我们也不会让他们失望。不过我们提醒他们说，厨房已经关了，他们最多只能点一壶热茶。

人事经理说没关系。他问也没问看上去心事重重的夜班主管，便挑了个靠窗的桌子坐下。我们继续拖地擦洗，一边用一只耳朵偷听他们的谈话，希望能知道他们准备呆多久。

起初是较年轻的人事经理在讲话，主管就听着。主管依然穿着工作裤，套着一件旧旧的军队夹克，一只手托着腮帮子。过了一会儿，两个人都陷入了沉默，仿佛他们用尽了最后的字眼。但接着又有反应了，先是一个低沉犹豫的声音。地板被拖得一尘不染、干燥清洁，椅子又被从桌子上放下来，清澈的天空透过窗户投进来一片紫罗兰色的光晕，这时，我们吃惊地看到年长的夜班主管把脸埋在手里，仿佛是在掩盖痛苦和羞愧的情绪，他仿佛终于明白了为什么经理要选一家空荡荡的简餐厅作为他的坦白场所。

虽然人力资源经理开场先为他秘书的无礼道歉，当着其他员工的面对主管无礼确实不好，但夜班主管似乎有点心不在焉。他好像觉得秘书有权那么做，根本不用向他道歉。只有当经理为了解事情的真相，而跟他描述老板对此事的焦虑时，主管才开始思想集中起来，好像他终于明白这不是一个文书问题。

人力资源经理赶紧让他放心。尽管查明事实很重要，但他已经仔细看过主管的档案，知道他对公司忠心耿耿、贡献很多。今晚所说的一切只有他俩知道。他不打算像以前烤箱受损事件那样让主管承担责任。

主管吃惊地获悉那封老板手写的谴责信还在他的档案里。

“所有这类文件都有副本。它们最终都会按流程被归档到我办公室里的文件柜中。”

人力资源经理轻声细语地解释了他的意图。揽下这桩烦心事后，他就决心要查个明白，并在音乐会后向老板汇报。

“音乐会?”

“是的。想象一下吧：他就是不能错过他的音乐会！当我们在风里雨里奔波挽救他的名声时，他则在享受一个音乐之夜。好吧，为什么不呢？我们都需要灵感。现在这种日子，谁又能反对听点好音乐呢?”

简而言之，较年轻的男人提出为年长的男人大事化小，后者比前者级别高两级，赚的钱也是近乎两倍。然而，就算是这样的小事，要做好，他也必须知道全部真相。卑鄙小人打算再次进攻。从他的角度看，为什么不呢?

“卑鄙小人?”

人力资源经理大笑起来：“就是那个记者。这是我给他起的绰号。”

他们刚在电话里进行了一番令人不快的谈话，打了一场嘴仗；坦白说，用“卑鄙小人”一词来形容他都算是客气的。“我们必须小心。我不想让你跟记者交谈，即使他们的提问看似完全无害。”

“但他想要得到什么？”

“来自老板的私人道歉。清楚地承认有罪。任何单纯的解释都不能为他所谓的我们的冷酷无情开脱。他会继续试图证明那个女人依然受雇于我们——不仅是在她去世时，还包括在她死后。”

“你所说的，死后，是什么意思？”

“意思是还包括现在。他觉得她是无辜少女，他自己则是保护她的侠客。你可以肯定的是，用不了多久他就会发现你未经上报便终止了她跟公司的雇佣关系。”

“我已经说了，我对此感到很抱歉。我是说真的。我会偿还费用的……”

人力资源经理解释说，感觉抱歉和偿还费用并不是问题的关键。关键是事实真相本身。爆炸案发生一个星期后，一具身份不明的女尸依旧躺在太平间里，这对空想主义的记者而言是难以抗拒的诱惑。

“诱惑？”主管大吃一惊。实际上，他回答，任何一个无助的陌生人身上都存在诱惑——当然那也得是活人，不是死人。脆弱的外国临时工就是比较……”

“吸引人？”原本随口说出来的词语现在倒是有了新内容，“怎么会呢？”

“我是指……”主管努力想要准确地表达他的意思，“不仅是有权支配她们。而且对她们也怀有同情和怜悯……你就这么被吸引过去了。”

慌乱中，他声音颤抖地说他不想被误会。他也不欠任何人一个解释。事实是……嗯，他们之间实际上什么事情都没发生。没有任何肢体接触。

然而，他必须承认他一直惦念着她。管理夜班不是一项简单的工作，所以他不得不叫她离开——为了她自己好。

人力资源经理没料到此等地步的坦诚。他像发现那份他听写的简历时一样，吓了一跳。仿佛这个年长他十岁、他至今都想不起来的女人可能也会让他产生邪念似的。

他小心地斟酌他的措辞。他已经开始怀疑，他说，问题不只是关于工作。虽然他很累了，也急着想回家陪正在等他的女儿，但他还是放不下这件事。他想要知道究竟发生了什么。事情是不是比主管承认的还要复杂？他的秘书对死去女人的美丽印象深刻——那个该死的记者也提到了这点。令人难以置信的是，甚至在医院的太平间里，也有人居然有脸说……

“说什么？”主管的脸色变得很苍白。

倒不是说容貌总是很重要，人力资源经理继续说道，不过，也可以理解如果……除了同情她的孤单……就是说，如果她真的如此吸引人……这么说是不是太过了？毕竟，他自己虽然亲自面试过她，却一点儿也不记得她，即使在照片的提示下也想不起来。

虽然窗外的落水管还在滴水，但暴风雨已经减弱了。主管一脸平静地沉思着。对于人力资源经理想方设法即将从他嘴里套出来的坦白，他似乎一点也没有感到不安。这个比他小二十岁、留着板寸头的男人，让人很有信任感。

十一

于是，主管咽下最后一口已经不热的茶水，开始断断续续地讲述他的故事。人力资源经理什么都没说。只有一次，当他注意到厨房的工人已经为早餐摆好桌子时，他挥手恳求他们耐心一点，他相信不用多久主管就能完全交代完毕了。

理论上，他这样的判断没错。交代者是一个思路机械的家伙，他是从军械部直接来面包房工作的，中间没有继续去读书。尽管他本可以自己做点小生意，但他情愿做一份能让他有机会了解烘焙行业各个环节的低收入工作。从一个岗位到另一个岗位，从一个部门到另一个部门，他被稳步提拔，直到六年前成为夜班主管。夜班是公司里最繁忙和最重要的时间段，也是唯一生产军队订单的时间段，对品质控制的水平要求很高……

简餐店里的灯一盏盏地熄灭。工人们也一个个下班回家。只剩下两个人等着锁门，一个是年老的犹太服务员，另一个是年轻的阿拉伯洗碗工。主管还在描述他纠结故事中的第一个环节，他坦率地形容有着天鹅般纤长脖颈的清洁女工让他着迷。他现在悟到，正是这种吸引力，让他批准她离开另寻工作，同时又把她的名字留在工资单上。

绝对不是因为她的容貌。他以资深员工的身份对另一位资深员工再度发誓说，他们之间什么都没有发生。纯粹是一种情愫。他似乎对描述它的确切性质有所犹豫，仿佛这会增加他的内疚和悲伤。他俩第一次见面，也是他们最长的一次接触，完全是关于工作。它发生在深秋或初冬，在女人转岗之后，是她自己要求转到工资较高的夜班的。

主管有一条严格遵循的规矩：无论新员工是从哪里来的，也无论他们之前有什么样的经验，他都会亲自向他们介绍所有的安全条例。对清洁工队伍的安全培训是最长的，不仅因为他们通常教育程度最低也最不专心，还因为他们要清洁各个地方各种东西。必须警告他们，烤箱和碾磨刀很危险，面团搅拌机很难搞，传送带很复杂。

他找到时间跟新人讲解安全条例时，已经是午夜过后。尽管她的白班工作经验让她对面包房很熟悉，但他还是带她完整地兜了一圈。倘若他知道她是一名工程师，他肯定会缩短培训时间；但即便如此，他依然会坚持进行一次培训。

夜班主管手下有许多女员工，他习惯于设定界限以防麻烦。新来的清洁女工也不例外，她顺从地跟着他，听他讲解时脸上一直挂着灿烂的微笑，罩衫和网帽让她有了臃肿的中年模样。但他能感觉到自己结束介绍，叫她回到岗位上继续扫地拖地时的犹豫。这个女人，即使只是在她的附近，似乎就给了他一种希望，某些他一直知晓却从未梦想他自己能得到的东西。他一边带她穿过烤箱后黑暗的隐秘角落（按规定他并不需要这么做），一边向她讲授面包房严格的卫生标准，他全程都能感到一种甜蜜的刺痛，她的微笑离开她的嘴唇后，不知怎么搞的，会继续从她那鞑靼人或蒙古人的眼睛里透出来。

“鞑靼人或蒙古人？”人力资源经理觉得这有点言过其实了。他记得电脑照片上她吊起的眼角，其实是相当柔美精致的。

尽管夜班主管从来也不认识鞑靼人或蒙古人，但他还是重复了一遍这个类比。此时他开始进行更为深刻的坦白。最吸引他的不是那个女人的微笑，甚至不是她的魅力，而是她作为一个白皮肤的亚洲人所带来的不同感觉，他突然就被动地、毫无成功希望地爱上了她。

已经穿好外套和靴子、等得不耐烦的服务员走过来跟他们道晚安，但又跟他们说他们想待多久都可以，因为洗碗工已经决定睡在店里，会替他们泡咖啡帮助他们度过余下的整个夜晚。

“整个夜晚?”人力资源经理再度被整个夜晚的说法刺了一下，“我们不需要整晚。我们已经差不多快结束了……”

然而，就跟人力资源经理的秘书一样——她先是抗拒回办公室，但后来却不顾家地一头栽进了事件里——主管似乎也完全忘记了他负责的夜班和那个发出刺耳噪音的烤箱。他想要让他年轻的同事明白，发生在他身上的事情，很复杂，甚至有点危险。那个鞑靼女人让他烦躁不安……

实际情况更糟。即使他企图扑灭胸中的火焰，迅速回到了他工作的楼层，他手下的员工们——技术员、贮藏室主管、烘焙师——也让他没办法恢复情绪。多年来他们已经学会了尊重他的意愿和感觉，现在他们传递给他的信息是他们都意识到了他内心的状态。他们没有用平常那些急事来烦他，而是给足他与那个女人相处的时间，走过他们的流水线时，女人面带微笑，有礼貌地点点头。他们无言的配合让他很惊讶。他能想出的解释就是，他们都想帮助他——一个有三个孙辈的忧郁居家男人——实现一种他已经觉得自己不再有能力体验的心醉神迷。

第二天早晨，在他安静的卧室里，他本该还在睡觉，却提早一小时醒来，对于晚上的夜班和再次见到他手下的新员工有许多想入非非的不安和焦虑。

现在他自发地讲述着，人力资源经理的沉默给了他勇气。经理意识到，这个下午在老板办公室里还显得很简单的故事，正随着夜晚的消逝而变得越发复杂。就连阿拉伯洗碗工端上来的香浓的土耳其咖啡也无法让故事快进到结局。实际上，咖啡只是拉长了故事。

整体而言，主管继续说道，他跟清洁工队伍没有直接的接触，他们的要求和抱怨都是由楼层领班来处理的。在面包房开放的工作空间里，一直都有成打的员工来来往往，就算只跟新来的女工说几句话也不可能不被立刻注意到。想到随时都有人看着他，让他有点仓皇失措。不过，想到他的手下不仅把他当成上司，还视他为独立的个体，无论他头发有多白，人有多普通，他们都很关心他，这让他很高兴。虽然起初他以为他们的关心只是单调工作之外的一种消遣，但他很快意识到他们是希望坠入爱河能让他变得不那么冰冷强硬，毕竟他们都了解且害怕他的这一特点。

人力资源经理偷看了一眼手表。眼前这个穿着脏工作服的男人，五官俊朗，虽然主管的讲述有点太过详细，但想到故事将要涉及死亡，他就觉得打断他不合适。经理依然不知道那个疏忽是怎么发生的——那个没有了断的终止雇佣关系……

无论是真还是假，这个全部夜班工人都希望他坠入爱河的念头让主管的位置变得越发困难，越发难以把持。他很清楚新员工对他的吸引力，虽然那无处释放的烈度让人痛苦，也可能以悲剧告终。

“悲剧?”这样一个感情色彩强烈的词语让人力资源经理有点困惑。这个思路机械、军械部士兵出身的男人这样说到底是什么意思?

第二天晚上，主管继续说道，他意识到自己扫一眼就能在身边的几十个工人里看到新来的女人。而且，他越是想隐藏这点，就越是忍不住在心里跟踪她的行动，就连他在一个烤箱内部或弯腰检查一个搅拌机时，也无法摆脱这种灵肉合一的悸动。他对她没有任何要求——日班员工在烤盘上留下了一层焦掉的面包皮，她在擦洗时一直没什么原因地面带微笑，他只想知道那个灿烂的笑容是否还在。

然而，这也没能逃过那些工人的眼睛，他们对他了如指掌，也十分关心他。凌晨时分，思想比较放松的夜班工人们若无其事地随便提及了一些关于她的细节。虽然她活泼迷人，但她是个孤独的女人。一个年长的朋友陪她一起来到以色列；不过，后来，他对于找不到体面的工作感到很失望，便回俄罗斯去了，她唯一的儿子也回去了，因为她的前夫不愿让一个已到青春期的男孩生活在一个危险的城市里。由于某些原因，她独自一人坚持留了下来，这让她有必要寻找一位新的男性保护者……

有那么一瞬，人力资源经理想要跟主管说，死去女人档案里他自己手写的那份文件包含了所有这些信息。像主管这个级别的人本可以查阅他手下任一员工的档案，他却被迫靠工作楼层上的八卦获取信息，这很不幸，他想。

不过他到底有权查阅档案吗？幸好他什么也没说，人力资源经理做了个笔记，提醒自己过后去问他的秘书，或者最好是问老板——老板此时正在享用音乐会的免费酒吧，完全不知道他的员工正在坚决地维护他的人道主义精神……

而且，主管说，此刻词语自动地从他的嘴里汹涌而出，正中经理的下怀。她身上辐射出的孤独激发了他的保护欲。他不是在寻找一段风流韵事。除了太忙太固执，他也已经过了那个年纪。他要的只是充当新员工隐形监护人的权利，直到她能自己站稳脚跟。他的孩子都独立了，不再需要他，对这个俄罗斯清洁女工的匆匆几瞥告诉他说，虽然她尽量显得开心，但在浓重的夜色之下，她的生活很艰难。她从来没有和其他工人混在一起。她会靠着扫帚柄，头搁在手上，筋疲力尽地站在角落里，嘴唇边挂着一抹永恒的微笑。多么纯洁的微笑，因为它不是针对任何人的！她是多么需要保护，而他又能多么轻易地给予她保护！

这很危险。当然是很危险的。谁能确保它不越界呢？显然他手下的员工不能，他们想要他的心被一种新情感融化。而且他又怎么能知道她不会晕头转向呢？她会满足于他所给予她的东西，并理解他不能做到的事情吗？对他而言，情况从一开始就很明显——除非这只是他的一厢情愿——那就是她也受到他的吸引，虽然他已不再年轻。她总是在他的附近扫地，擦拭他正在用的机器上的油污，在他之后清洁男洗手间，这其实都是一些没要求她做的事情。

他有足够的经验知道夜晚甚至能让它最年老的居民陷入罗网，尤其是在黎明前的几个小时里，大多数夜游神都容易注意力涣散，从而导致事故，有时甚至是灾难。这正是为什么，他半开玩笑半严肃地敦促他在那个小时里碰到的工人们去喝一杯来自饮水器的冷水，泼点水在脸上，或者就干脆出去呼吸一下新鲜空气。他跟新员工一起去透透气，也完全是很自然的。有时他们交谈几句，便会触及他的要害。他也跟其他工人，尤其是清洁工聊天，试图以此掩饰这点。

此时，他知道她感觉到了正在发生的事情。他行事谨慎，很符合他的年纪，这让她感到满意，她甚至觉得他有家庭有孙辈是件好事，因为她不在寻找一个新丈夫或新男朋友。她已经接受了没丈夫没男朋友的生活。她也不需要另外一个儿子。她想要的只是一个简简单单的保护者，一个安安静静地同情她的人，一个她可以委身于他却不会影响他的生活的男人。

可是，自从她出现在夜班，这个面带微笑的孤独工程师，或者随便你怎么叫她，却比任何在他手下工作过的女人都要危险，因为她的孤独不但引人想入非非，还让人想要身体力行地体验那些幻想。意识到行将退休的自己是如何春心涌动地想要实践一个不可能的梦想，一个纯粹由于令人绝望的国家时局才变得较为合理的梦想，他决定解雇这个女人，但又不愿冒险让她的职位被别人取代。他说服她离职去寻找一份更好的工作，但依然把她留在发工资名单上，这样的话，万一她找不到其他工作，万一他太想她，她还是可以回来……

“总而言之”——人力资源经理打破长久的沉默，言简意赅地说了一句话，与主管动人的滔滔不绝形成了鲜明的对比——“你觉得你可以自定规则。”

十二

虽然从桌子边起身的两个男人在简餐店停留的时间远比他们预想的要长，但漫漫长夜其实却刚开始。人力资源经理没有意识到他自己还有一个夜班要上，主动提出带洗碗工去汽车站。但年轻的阿拉伯洗碗工却很高兴可以独自一人留在简餐店。他宁可在店里好好睡一觉，这样他就不用担心每天从村里来上班时不得不通过的那三道侮辱人的关卡。

人力资源经理转身准备离开。他很满意自己弄清了事情的始末，急着要回家。但是当主管竖起军装夹克的衣领，跟随他走到停车场时，他明白这个男人还有话要讲。他别无选择，只能打开车门，拂去挡风玻璃上湿漉漉的落叶说：

“对不起，但我急着要去跟行政经理换班。她今晚在替我照看我的女儿。”

夜班主管从来没想到他坠入爱河会牵扯进这么多员工，他苦恼地问：

“那么现在她也得知道一切吗？”

“不用。”人力资源经理说，“她不用也不会知道。而且我会尽量也不让**他**知道。”他指指面包房烟囱上升起来的火星点点的烟雾，仿佛老板正飘浮在空中。“你的故事到我这里为止——仅限于人事部，或者说人力资源部，随便你怎么叫它。”

“好吧。”主管咕哝道，迟疑地与他的坦白对象、如今他爱情故事的分享者道别，“如果你需要什么人……我是指去辨认尸体……我总是可以的……就是说，如果没有其他人……”

人力资源经理感到一阵强烈的厌恶。不，他不需要任何人。事情结束了。回应当地周报的可选方案也很明了。“我们对这个故事越轻描淡写越好。我们所能犯的最大错误就是将事情放大。”

回到他过去的家里，他吃惊地发现它是如此温暖明亮。走廊里充满了一股湿雨伞和湿外套的气味。客厅里有一股披萨味。过去一年中显得冰冷的公寓此时却有一种愉悦的居家氛围。他十二岁的女儿正坐在大餐桌尽头一把塞着枕头的椅子上，脸蛋红扑扑的，精神抖擞。桌上散乱着披萨、馅饼、汽水瓶和咖啡杯，中间还放着几本书、笔记本、一把尺和一个指南针。行政经理跟她说的一样照顾周到——其实，比她说的还要周到一倍，因为她的丈夫正高兴地坐在她旁边帮忙解答数学题，他扁而长的秃头脑袋看上去很像是一只橄榄球。

“那么快就回来了？”他的女儿看到他虽然很高兴，但却略带失望地问，“我们还有很多作业要做呢。”

自他下午被召去老板办公室以来，他第一次开怀大笑。“你可以看到我们中谁最有人力资源管理的天赋。”他跟行政经理说，“很抱歉我这么晚才到。夜班主管说话没完没了。”

但行政经理完全爱上了她的新角色，做好了继续干下去的准备。如果人力资源经理需要更多的时间，她说，或希望开始筹备他对周报的回应，她和她丈夫随时可以留下来帮他的女儿完成作业。

“又是更多的时间！”他抱怨道，“今晚到此为止。事情结束了。现在一切都搞清楚了。我只是太累了，没精力解释一切。”

“当然。”行政经理略带恼怒地表示赞同。她会等到明天早上，届时总是需要她把公司的回复打出来的。她的丈夫现在正在解最后一道数学题，之后她会检查小朋友的英语词汇作业。在此期间，人力资源经理干脆坐下来暖和了一下身子。他看起来很冷的样子，而且一定是饿死了。

桌上有吃的东西，她还会给他冲一杯热饮。为什么不在他自己的家里享受一下做客的待遇呢?

“这是我以前的房子。”他苦笑地回答。他脱掉湿外套和潮湿的鞋子，并打开太阳能热水器的备用电源，好烧一些热水。

他和前妻达成一致，说好前妻不在家时，他可以和女儿一起待在这里，而不用把女儿送到他妈妈那边；他新租的公寓还不能入住，所以他也是借住在他妈妈家。自然，他不会去睡那张他被驱逐出领地的双人床；他会睡在客厅的沙发上。卫生间里有两个架子，除了他的洗漱用品和睡衣，还够放点内衣、一件干净的衬衫和一条干净的裤子。

他穿过他妻子黑漆漆的卧室，不久以前这也是他的卧室。卧室半开的门一直引人想要偷看，他把门关上，把自己锁进灯光昏暗的卫生间。就在一年前，他刚负责完成了卫生间的翻新工程，瓷砖和水龙头都是他选的，他还巧妙地把水池和抽水马桶移了位置，做梦也想不到他很快就会被残忍地扫地出门。不过他依然把这个房间视作他自己的。今天一天都没太阳，他不确定太阳能热水器的电加热功能要花多久才能出热水，他脱掉自己皱巴巴的衣服，光着身子坐在浴缸边上试探水温 。

他还在思考夜班主管坦白的内容。他必须决定哪些要告诉老板，哪些则要隐瞒起来，以尊重这段戛然而止的秘密痴恋。想到自己永远也不会再遇到这个他解密了身份的女人，他有点难过。他只需在远处快速瞥一眼就能对她有个大概的印象。跟公司所有的雇员一样——甚至包括除红利外还领一份月薪的老板本人——他的部门对她负有责任。当她意识到她虽然失去了工作，但依然领工资时，她脑子里在想什么?她有没有觉得这是主管对她继续示爱的方式，还是觉得这只是一个她无法纠正的文书错误?

我永远也不会知道……

不过这又有什么要紧呢？

我已经在这个烂摊子上浪费了足够多的精力。

是时候收工了。

水龙头里流出来的水丝毫没有变热的迹象，证明今天白天阳光是多么少，也说明洗个热水澡将是奢望。他哆嗦地坐在浴缸边沿，在这个他自己原先的家里，赤身裸体，他的女儿也因他和前妻关系紧张而备受折磨，此时两位代班父母正抓紧最后的时间对她关怀备至。至于他，他打开电取暖器，一边轻柔地按摩自己的身体，一边思考着，他们想怎么辅导她的功课都可以。或许临睡前，他能找个安静的时间告诉她今晚发生了什么。一个总是微笑示人的漂亮女人却作为无名女尸在太平间里躺了一个星期，听到这样的故事，她或许能意识到这世上值得同情的人不是只有她自己。

突然有人使劲敲卫生间的门，接着传来了他女儿紧张的声音：

"阿爸，如果你还没开始洗澡，先别洗。阿妈刚打电话来说因为你卷入其中的事情，她正在回家路上。你必须让出她的停车位。所以，帮帮忙，阿爸，如果你还没开始洗澡，没时间了……"

他知道她也受累于她父母闹得很不堪的分手，所以他不希望把事情搞得更糟——于是，他克服了不得不重新穿上脏衣服的反感，关掉水龙头，加入行政经理和她丈夫的行列。他们拿着折伞，已经穿好了外套。丈夫橄榄球般的脑袋上戴着一顶卡其色的绒线帽，就是以色列士兵在时局较为简单的时期戴的那种。这对夫妻，自我感觉良好，对他们为这个世界所做出的贡献也颇为自得。

"你不必特地来说再见。"行政经理说，"你明天早上就会见到我的。"

"但不会见到你的丈夫。"他回答。他跟这个快乐的男人握了握手，后者小声和气地责怪道：

“你应该在辅导她数学时更有耐心。她在学习上有很多漏洞。”

人力资源经理的脸红了，把一只手放在胸口以示保证。接着他套上防风夹克，陪他们俩走到街上。然后，他问行政经理，她觉得音乐会结束了吗？

“你不打算今晚打电话给他吧！”

“为什么不呢？他大惊小怪的，也该向他汇报汇报。”

“你真的了解清楚了一切？”

“我觉得是的。”

她同情地望着他。“在这种情况下，你可以等到午夜再打电话给他。如果他听上去半梦半醒，也不要担心。他一直是有时瞌睡有时清醒的。如果你让他心情平复下来，他今晚会睡得更香。”

“我不确定我能做到。”人力资源经理说。他热情地与他们道别，仿佛他们是他新发现的亲戚；他把自己的汽车从公寓楼的停车位移到远处的人行道边，然后回到公寓里，狼吞虎咽地吃掉剩下的披萨，并跟女儿讲了清洁女工的故事。他甚至给她看了文件夹里女人的照片，好奇她会作何反应。然而，她似乎没什么看法，好像听也没在听。她抓住他的胳膊，恳求道：

“阿爸！阿妈随时都可能到家。你俩都累了。为什么现在还要吵架？”

“谁说我们要吵架的？”

她咬着嘴唇，没有说话，他则抚摸着她的卷发，让她不要担心。他在心里骂老板毁了他们的夜晚。他重新穿上潮湿的防风夹克，借了一把雨伞，走到外面的雨中，站在隔壁一栋公寓楼的入口处，等待他妻子回来。

此时外面的雨已经变成一种细密的毛毛雨了。你分不清雨水是在往下落还是往上升，也分不清空中出现在一根巨大天线后面奇怪的红色光晕是天然的还是人工的。寒冷和疲惫让他索索发抖，但他还是耐心地等待，看着前妻的大轿车驶进来，又猛地停进空出来的停车位里，其实车子至今还在他名下。驾车者显然不相信她憎恨的男人已经离开了，所以她没有熄灭车子的前灯，径直走到车外瞥了一眼公寓，仿佛是要通过窗户透出的光线，抑或其他迹象，来判断他是否还在。他们已经有好几个星期没有碰面了。从她的轮廓来看，他知道虽然天气很冷，但她还是穿着高跟鞋。毫无疑问，冬装外套下她穿的是一条优雅的连衣裙。尽管如此，他难过地想，找一个新男人对她而言并不容易。无论这天她出城见了谁，那人一定是让她感觉失望了。

好吧，那不是他的问题。

他不需要为她无尽的愤怒感到内疚。

也不需要为她的性挫败感到内疚……

终于确定他已经离开后，她熄灭车灯，从车里拿出一个小手提箱。然后，她在按车钥匙遥控前，又抬头扫了一眼。

即使他们之间只隔着几米，她却没有注意到他站在黑暗里。但是她有没有闻到一种熟悉的气息呢？无论如何，她突然停下脚步，怀疑地环顾四周，然后才快速走上楼梯。

十三

虽然才九点钟，但人力资源经理觉得他的母亲一定是已经睡觉了，因为她今晚没指望他回来。他发现她最近睡得很多，由于她声称入睡后的前几个小时是她睡得最好的时候，他决定悄悄地进去，不打扰她。然而，他忘记了，他不在家时她总会拉起门链。被锁在外面的他不得不用手机打她的电话，跟她解释他为什么在外面。

她倒是不急着让他进来，仿佛他不是她的儿子，而是她的寄宿者。她慢慢地穿上一件长袍，停下来梳梳头发，然后才非常迟疑地解开门链。他把她的公寓变成了一个中转营，让她心烦的不仅是他乱七八糟的东西，还有他的离婚，她曾竭尽全力想要阻止事件的发生。这是他童年以来，她第一次在他们讲话时没有看着他。

他没有提前通知便回来，她觉得一定是因为他又引发了什么家庭矛盾。她没有帮他把晚饭摆到桌上，而是走进她的卧室，从床单和毯子上收集起当天报纸中依然新鲜有趣的部分，扔到桌上，然后告辞说要回去继续睡觉。

他几乎感到被侮辱了。急什么呢？他问。夜尚未深。而且他有故事要告诉她，还要跟她探讨办公室里的一些事情，有些事情他想要听听她的看法。

她别无选择，只好听他讲关于清洁女工的故事，她在最近的爆炸中死亡，导致当地周报计划发表一篇恶毒的文章，文章不但配了他的照片，还提到他的离婚。他们没办法阻止文章发表。如今的报社就是这副德性：

总是追求一剑封喉的效果。然而，他微笑着说，他已经追根溯源弄清了一切，他自豪地描述他发现主管痴恋的经过。他把文件夹放到桌上，向他母亲展示女人的照片，问她是否也觉得女人有着摄人心魄的吸引力。

她心不在焉地听他讲述，眼睛盯着桌子，仿佛是在怀疑他的故事是否值得她牺牲睡美容觉的时间。她也不想看照片。“照片有什么好看的？”她生气地问。

“但它至关重要！”他变得情绪化起来。她为什么不能试着判断一下照片反映出的是一种真正的美丽，还是只是一种错觉？就拿他本人来说，虽然他面试了女人，但他并没有什么印象。

“你面试了她？”

“当然了。每个新雇员都要接受人力资源部的审查。”

“但假如她没给你留下深刻的印象，那我的意见又有什么要紧呢？”

“我没有说要紧。我只是好奇。你为什么这么固执？看一张照片有那么麻烦吗？”

他的母亲没有回答。她离婚的儿子执著于这张死去女人的照片，她觉得这是一种不必要的病态。既然这似乎对他很重要，那么，她叫他拿来她的眼镜和香烟，然后小心翼翼地翻开文件夹。她先读了那篇报纸文章，再看了他儿子手写的那份简历，最后她转向那张电脑打印出来的照片，匆匆扫了一眼那个金发女人的脸。她点燃一支香烟，吸了一口，询问女人多大了。

“我能确切地告诉你。四十八岁。”

“你所知道的事情，你有没有跟太平间说？”

“还没。”

“为什么不呢？”

“此时此刻，信息都仅供内部使用。我们必须决定如何编写我们的回应。在我们作出回应之前，我会保密。”

“保密？”他的母亲稍稍一怔，“对谁保密？”

“比如，对那个计划再写一篇文章的卑鄙记者保密。”

“但太平间那边需要知道她是谁。为什么不告诉他们呢？”

“只是拖一两天。即便到了那个时候，我也只会透露给获得授权的方面。在我那么做之前，我需要再次确认我的消息来源。我们最不希望发生的事情就是暴露主管的私生活。像记者那样的卑鄙小人，你不得不提防……哦，对了，老板也还什么都不知道。他去听音乐会，却让我疲于奔命。”

他的母亲，被笼罩在香烟的青烟下，一点儿也不喜欢他的拖延策略。死去的女人肯定有朋友或家人在寻找她。

“我不认为有任何人在找她。但说实话，谁知道呢？”

他给她拿来一个烟灰缸。

“你不知道，那是肯定的。”她语带贬损，甚至是愤怒，“可我要提醒你。一旦你发现了她是谁，她就要由你来负责了。”

“此话怎讲？”

“她是你的责任。你秘而不宣不仅不尊重她，而且是罪恶的。告诉我”——这时她提高音量，仿佛他又变成了小孩子——“你是怎么了？为什么你不打电话给医院？你在担心什么？”

他把桌上的垃圾扫进垃圾筒里，把盘子放进水池里冲了一下。“现在是大半夜了。”他轻轻地说，“太平间不是急诊室。没有人会坐在那里等我的消息。在电话里把消息泄露到错误的地方比什么都不做更加糟糕。如果她身份不明地在那里躺了一个星期，那再等一个晚上也没什么。相信我，她的苦难结束了。”

他的母亲一言不发，摘掉眼镜，熄灭香烟，伸手拿过报纸，翻到文化妆版面，朝她的卧室走去。他走进卫生间查水温，发现这里的水也是冷的。好吧，他的母亲不知道他会来。他打开旧烧水壶，注入一点水准备泡茶，边等边翻看报纸的头版。然后，他赶在母亲熄灯前，又去问她要报纸的体育版。她是不是已经把它扔掉了？他怯生生地问；即使在这一刻，他们的目光也没有接触。

“你一定是在思考什么。我是说你一定是在想那张照片。”

她不太想回答：“很难说。照片太小了……”

“确实如此。”

她犹豫了一下，斟酌要怎么说。“你老板的行政经理或许是对的。她身上有种难以言说的……尤其是她的眼睛……抑或是她的笑容。阳光一般的笑容。”

一波失望朝他袭来。出于某种原因，被告知那个女人很漂亮让他有点伤心。他的母亲，似乎不用看他也感觉到了他的情绪，试图收回她的评论，但接着又放弃了。

“我要不要在走廊里给你留盏灯？”

“为什么？难道你今晚还要出去？”

“是的。现在没有热水可以洗澡。”

“我怎么知道你会来呢？”

“你是不知道。我没有怪你。”他把身体的重心换到另一条腿上，“等水加热的时候，我会跑去太平间一趟。或许我能在那儿找到负责她的人来接替我。”

“这种时候？”她从床上坐起来，“你不觉得现在时间有点晚了么？”

“并不太晚。现在才刚过九点。”

“她在哪个医院？”

“斯科普斯山医院。”

“那儿有太平间?”

“你问我？别人是这么跟我说的……”

她开始觉得有点对不起他。

“或许你是对的，应该等到明天再来处理这些事情。那也没什么的。”

“现在你倒这样跟我说了?”他突然很恼火，“在让我感觉万分内疚之后?”他关掉了灯。

十四

不到十点的时候，他出现在我们的安全岗亭，一个健壮的男人，面容坚毅却疲惫。虽然暴风雨已经减弱，但他还是穿着防寒外套、橡胶套鞋，戴着手套和一条黄色的羊毛围巾，似乎时刻准备着迎接下一场暴风雨。但他没戴帽子。不等他说一个字，我们便对他进行了搜身，检查他是否带了枪或爆炸物。“您要去太平间？这个时间？”他说他要找我们的主管，如果有这么一个人的话。

这让我们倍感惊吓。难道又发生了一起我们不知道的爆炸案？但并非如此，他来这儿似乎是为了上周的爆炸案，现在已经没人记得那事了。他挥挥一个薄薄的文件夹说，他查明了在那次爆炸中丧生的女人的身份。

“对不起，先生。”我们回答，“但现在已经过了接待时间。您需要特别许可才能在晚上进来。”然而，当他亮出身份证，告诉我们说他是那家供应全国一半面包的公司的人事主管时，我们说：“像您这样的可以例外，您管着几百个人，却还是亲自来过问一个临时清洁女工的事情——事实上，还是一个已经死了的临时工。”他听着很受用。然后他又问了一遍去太平间怎么走。

我们自己在这里工作多年，却从未去过太平间，怎么可能告诉一位人事经理它在哪里？我们不得不打电话给急诊室问路。

虽然路线似乎并不复杂，但他很快就迷路了，他在走廊里徘徊着，拦住实习生和护士问路，但他们也只是大概知道停死人的地方。最后，他去了医院总部，希望在那里能找到一个更清楚怎么去太平间的人。坐在写字台前的女人已经听说了他。然而，她无权接收他的报告，只能给他画了一张解释怎么去太平间的地图，并保证那里一定会有人接待他的。

跟他想象的不同，地图没能引导他如何下降到底楼，并找到通往一个隐秘地下室的台阶。相反，它引导他走到外面的一小片松树林边，树林里有一栋年代久远的石楼，石楼一翼的标志显示这里是存放医疗用品的仓库。第二翼是法医部，第三翼则没有标志，显然正是他在找的地方。他必须蹒跚地穿过一条黑漆漆的小路才能到达它的入口处。眼前闪烁的光亮，不是来自星星，而是来自很远处的房子，说明这地方白天看起来是挺壮观的。

真是不可思议，人力资源经理想，他觉得自己不是一个容易被吓到的人，但这个地方却毫无遮蔽。相反，它在松树林里的空地上，没人照看，也没人保卫，仿佛它只是另一个你可以随便出入、和死人互不畏惧的办公室。虽然有一扇小窗透出灯光，但他不确定那儿是否有人。该发生的总会发生，他自言自语道，至少我穿的衣服可以应对一切天气状况。就算我在白费力气，这也能为我节省明天的时间。与此同时，热水器里的水正在被加热，我将能摆脱我妈强加在我身上的内疚感，无论它们是真还是假。

他敲敲锁着的门。没人答应。他围着楼走了一圈，发现了一扇后门，他推了推，门就开了。他毫无准备地发现自己身处于一个冰冷、昏暗的空间，一台空调发出柔和的嗡嗡声。大约十几具尸体躺在担架上，被排成平行的两行。一些尸体包裹得很好，另一些，则覆盖着透明的塑料布，显然是为研究或上课准备的。

人力资源经理愣住了。冒昧地说，死亡是一切的终结，这是人人都懂的道理，这样不锁门是不负责任的。万一他精神不正常或沉溺于病态的幻想呢？他可能很容易惊慌失措然后起诉他们。

他站着不动，闭上眼睛，深吸一口气，祈祷不会闻到什么糟糕的古怪气味。像他母亲最近几个月里的表现一样，他偷偷摸摸地扫了一眼四周，注意到一具土黄色的尸体。包裹尸体的塑料布太厚，他看不清楚是男还是女。虽然他足够镇静，可以检查担架，寻找清洁女工的辨识标签，但他未受邀请便来到这个房间还是让他觉得违反了规矩。他迟疑地退到外面，咔哒一声关上门。

不过无论如何……我到了最后一站，他想。我来过了。辨认一个我从未见过的女人不是我的职责。我是来汇报，不是来调查的。明天我会打个电话，了结这桩事情。实在不行，我明天再来。这不是一件我可以叫老板或我的秘书来做的事情，更不要说夜班主管了，他可能会忍不住在道别时看得太过动情。他的状态不适合这项工作。我承诺让他免受谴责，而不是安排一次他与心上人的约会——在当局找到她直系亲属前，他的心上人在法律上依然是我或我的部门的责任。

在他的心里，他仿佛被运送到了面包房巨大的工作间里，眼前是阿拉伯式花纹般扭曲的嘎嘎作响的面团生产线。虽然面团进入烤箱后会变成明天的面包，但它们土黄的颜色却跟他刚看到的那具尸体有着诡异的相似。

他绕着石楼走，想知道远处的灯光离得有多远。裹在层叠的衣服里面，他觉得自己准备好了应对一切冒险。但灯光却在漆黑的薄雾里消失了。夜色，原本似乎要散去，现在却变得越发浓重，以至于迎面而来的一个身穿工作服的实验室技术员，居然看上去像是一位拍打着翅膀的天使。

十五

办公室里的女人信守承诺，从病理实验室里找来了一个对太平间了如指掌的人。

他是一个身形结实的男人，大约五十岁，头戴一顶透着波希米亚风的法式贝雷帽，但也有点像东正教徒戴的那种无边便帽，或许是两者的结合吧。他充满活力和好奇，马上就跟站在黑暗里的人力资源经理滔滔不绝起来。“你今晚来得真是时候，因为她明天就不会在这里了。那样的话，你就得一路追去中央病理学院，所有没解决的案子都是送去那边处理的。重症监护室的医生和护士得以把她的尸体留到现在，是因为他们希望她的某个朋友、亲戚或者同事会出现。他们希望有人知道他们在救治她时尽了全力，以及为什么他们没能救活她。我们这儿是一个远离市中心的小医院，一般有生命危险或只是病情严重的人，就不会被送到这里。可能是因为警察和急救队伍认为我们的装备不行。不过，这还是伤害了我们的职业自尊心。我猜想她被送来这儿是因为起初她的情况看起来并不严重，虽然她不省人事。唯一看得出的伤情是她手上、脚上的几个小穿刺伤，和头盖骨上的一处擦伤。这些看上去肯定都不是致命伤。只是后来他们发现她的脑部受感染了，可能是因为集市里的细菌源。”

“脑部？”人力资源经理疑惑地说，“我不知道脑部也会受感染。”

“当然会了。为什么不会？她躺了两天，直到没有任何其他办法可用。她是如此安静，又无名无姓，每个人都被她触动了。医务人员竭尽全力。他们非常想让她恢复意识，希望查明她是谁。所以她被留在太平间的时间比一般情况要长。我们希望有人能来听听我们是如何努力抢救的……并且她不会就这么被遗忘。幸好你没有等到明天早上再来。即使你只是一个人事经理，我们也指望你能提供一条辨认她身份的线索。让我们先去办公室填一张国家保险申请表吧。没人理解为什么她的工作单位没来找她。”

结实的实验室技术员掏出一串钥匙，打开太平间的前厅。虽然人力资源经理想提及没上锁的后门，但他还是忍住了。**让我们先看看这个家伙会告诉我什么吧**，他想。技术员殷勤地叫他在一副担架边坐下，然后从一个金属柜里拿出一个破旧的蓝色购物袋。袋子上系了一个信封，里面装着清洁女工的死亡证明、医学报告和那张沾满血污的工资单。毫无疑问，技术员已经彻底搜过购物袋里的东西了，他把袋子倒过来，抖出两把用细绳拴在一起的黄色钥匙。

“就这点东西。”他宣布，“还有一些烂掉的奶酪和蔬菜，但我们没办法留着它们，因为气味太难闻了。让我们把你知道的关于她的信息在纸上写下来吧。我希望”——他开心地笑笑——“希望你有胆子来辨认她。假如你担心自己会呕吐，那我跟你说你很走运了。她的状态很好。相信我，她看上去就像一个沉睡天使。”

人力资源经理的脸红了，充满敌意地瞥了一眼似乎对自己的比喻得意洋洋的技术员。他肯定这就是给报纸通风报信的“内部消息来源”。都是因为他，他想，我才会在这个时间还忙于工作。他冷冷地纠正技术员的说法。他一点也不担心呕吐。他充分具备直面现实的能力，无论现实是多么丑恶——何况尸体需要被识别。但他来这里只是为了提供死去女人的姓名、地址和身份证号码，所有这些信息都来自那张工资单——它的存在被不负责任地泄露给一名不可靠的记者，却没有告知他，公司的人事经理。尽管他吃惊地发现他曾面试过这个女人，并听写下她的简历，但这并不能让他胜任辨认她尸体的工作。公司雇用了三个班次两百七八十个员工——如果你算上管理人员的话，那就是三百人。难道他要认识他们中的每一个人吗？

人力资源经理解开外套最上面的一个纽扣，掏出文件夹，抽出电脑打印出来的照片，把两样东西都放在一副空担架上。“喏。我们知道的一切都在这个文件夹里。无论她是不是沉睡天使，我都没打算看她。如果你觉得你有权辨认，那你去吧。这里有一张照片可以帮助你。”

慌了手脚的技术员端详起照片来。“它又小又模糊。”他嘟囔道，“不过是的，确实看着很像她。她叫什么名字，尤丽娅？嗯，一切都解释得通了。当时我们就觉得我们接手治疗的可能是一个外国人。她真的有四十八岁了吗？我们以为她要年轻很多……但没错，肯定是她。瞧这亚洲人的吊眼梢……她是鞑靼人吗？她是从哪里来的？相信我，重症监护病房的医生和护士都为她神魂颠倒，尽管她不省人事……照片上的人肯定是她。你看，为什么要拘泥于形式呢？谁会觉得你的签名有问题呢？让我们快速看她一眼，了结此事吧。要是你问我，我觉得她肯定也希望现在能离开这个地方。就签了这张表格吧，国家保险系统会找到她最近的血亲，我们也好为葬礼做准备工作，无论葬礼是在国内还是国外举行。”

“你为什么不签？”

“我不可以签的。一位之前与死者不认识的医院员工的签名是不被承认的。这只会给我招来麻烦。我甚至不应该去看她。但你的情况就不同了。她之前为你工作。既然你在这样一个夜晚老大远来到这里，现在是什么阻碍了你签字呢？如果你不签字，我们就不得不另找一个你们的员工来签，届时她就会在中央病理学院了。那意味着一整套新的官僚程序……可能还有更多的报纸文章。”

人力资源经理反应强烈:“报纸?我就知道!”

“他们怎么了?”实验室技术员狡猾地笑笑,“死人是记者报道的好材料。我们这儿已经来过一个记者了……否则你又怎么可能听说这件事呢?”

这么说太过分了。“你至少应该承认你自己就是消息的来源。泄露关于死者的私密信息……别跟我说这是合法的!”

技术员丝毫未受影响。“别无选择时没什么是违法的。辨识她身份的唯一希望就是把她的案子公之于众。但我发誓我跟文章本身毫无关系。那完全是记者的所作所为。我听说你叫他卑鄙小人。你真的当面这样叫他了?”

“我没有。你是从哪里听来的?”

“嗯,可能是你告诉了周报的秘书,她传出来的。不要不开心。叫他‘卑鄙小人’太客气了。按我对他的了解,他会把它当成一种赞美。这对他不起作用。卑鄙小人,是吧?没错!不过是有用的那种。他既不蠢也不懒。”

“该死!你最后一次跟他讲话是什么时候?”

“就在你跟他通话之后。一个小时或一个半小时前。这是我加班的原因。我在等你来。”

“等我?”

“我们跟你一样急着摆脱她,你很惊讶吗?不要以为因为我们对尸体习惯了,就喜欢让她留在这里……好吧,你怎么说?为什么不替她签字?表格就在这里。”

然而,技术员的喋喋不休,越发坚定了人力资源经理的决定。唯一尚未发生的就是另一篇文章,一篇指责他辨认一个他不记得的女人的文章。

他再度试着解释。他并不害怕死亡。就在几分钟前，因为一扇因疏忽而未锁的门，他走进太平间，虽然震惊，却依然镇定。但签署一张正式的表格？绝对不行！他有什么权力这么做？

意识到他在引发一个问题，他对自己有所怀疑。毕竟，会有什么不同呢？一切都水落石出了。他在惩罚谁？夜班主管？记者？这个跟他面对面、让他陷入困境的男人？看一下女人的面孔又会造成什么损害呢？他是害怕自己也会对她神魂颠倒吗？仿佛他会爱上一具尸体似的……

他小心地伸手拿过钥匙，询问它们是否肯定是她的？技术员耸耸肩。“爆炸过后一片混乱，你永远也无法确定。但它们是在她的袋子里被找到的，在工资单旁边，所以不是她的又能是谁的？所有其他死者的身份都被查明了。没人报告说丢了钥匙……”

人力资源经理点点头，又环顾四周。他这才注意到这个房间没有窗户。天花板很高，让你感觉头上的空间太多。一只光秃秃的高瓦数灯泡撒下一束冷光。*若灯泡烧坏，他们得需要一把高梯才能更换它*，他想。他略带微笑地转向技术员。“为什么非要坚持目测识别呢？我们知道她的地址。我们可以去她的公寓，看看钥匙是否匹配。那是一种间接的证明，但比有弱点的记忆更可信。”

技术员的眼睛一亮。“假如它们匹配呢？”

“那么我会在表格上签字，就像我做了目测识别一样。”

技术员脱掉贝雷帽，激动地把它扔到一副空担架上。波希米亚也好，东正教也罢，反正他是不折不扣的秃头。

“太好了。但谁去那里呢？”

“我去。”人力资源经理轻轻地说，他自己也吃了一惊，仿佛是在做梦。

“你？”

“是的，我。条件是你不会通知你非常看重的媒体……几点钟了？连十点都没到。我对耶路撒冷的路很熟。她是我们的责任，直到她落葬，如果没有其他人想要负责的话，那么我们——我是指公司的管理层——必须这么做。可能我们还会有些保险或补偿金给受益人，比如她的儿子……因为她确实有个儿子，至少她是这么说的。假如你不介意的话，那么，我会签收钥匙。你可以看到我是在尽我的职责——你可以代表我向卑鄙小人报告。为了让你不要误以为我害怕尸体，我将会再看看……密室。我很高兴让你当我的向导。你甚至可以解释一下为什么那里没有任何糟糕的气味。你能那么做就太好了。”

十六

实验室技术员很是乐意地打开内门。他打开冷藏室里的灯，昏暗的灯光照亮了许多人力资源经理之前见过的担架。每一副担架上都安放着一具尸体。经理颤抖了一下，不知道是出于激动还是寒冷。他的第一个问题更偏哲学，而非解剖学。他想要知道，在什么情况下，一个死人变成了一具尸体？这是一个科学问题，还是一个单纯的语义问题？

实验室技术员被这个问题吓了一跳。他从未想过这样一个难题。思考片刻后，他直截了当地回答："这是一个时间问题。当然，也有例外。"

"比如？"

"比如战场上的伤亡。时间在战场上流逝更快。一切都被浓缩了。"

他移除了一副担架上的塑料布，露出一具淡褐色的女尸和她平淡无奇的面孔。

"我猜保存在这里的这些尸体是上解剖课用的。"人力资源经理说，想知道自己猜得是否正确。他走近担架，长长地、深深地看了一眼，不仅是对他的向导表明，更是对他自己表明，他是多么无所畏惧……

"没错。"

"它们不会被用于研究？"

"不会。"

"那么请告诉我"——这个问题一直在他的脑海里萦绕——"为什么这里没有任何不好的气味？那是死亡最糟糕的部分，因为尸体闻起来比看上去更糟……"

“实际上，”技术员略带微笑地说，“是有气味的。你只是没发觉，因为气味很淡。但任何人在这里呆得够久的话，都难免染上这种气味。你在外面真的能闻出这些人。”

“即便如此，”经理急切地想要知道——仿佛这是一个生死攸关的问题——“你们是如何中和尸体气味的？”

“你想要知道我们用的化学配方吗？”

“假如不是太复杂的话……”

“复杂？不是特别复杂。”

技术员简单地描述了把酒精、福尔马林、苯酚和蒸馏水混合，在人死后四小时把混合液注入已经引流掉自然体液的尸体中。这个办法简单且有效。

人力资源经理不知道该就此结束今晚的工作呢，还是继续参观太平间。他决定继续参观，便像参观博物馆一样迈着小步四处走动。每一副担架都有一个号码。出于某种原因，那些包裹得很好的尸体比那些覆盖着塑料布的尸体更让他反感。他不带感情色彩地最后看了它们一眼，准备问完最后一个问题便离开。它们在这个地方躺多久了？

“最长的有一年了。”

“一年？”

“这是你能保留尸体的最长时限。之后尸体就必须被掩埋。”

“最长时限？”

“根据法律，是的。”

“有意思……非常有意思。你就给我展示一下你们保存时间最长的一具尸体吧。我想看看它的保存状态。”

技术员带他走过一排担架，一副担架上的塑料布自动掉了下来。塑料布下面枯萎却依然留着胡须的人形看上去犹如一具古尸。它特征鲜明。

紧闭的双眼依旧透出将近一年前发生的那场激烈的生死搏斗。这场搏斗的痛苦，早就被幸存者遗忘了，却得以在死者身上延续。一股寒意流过健壮经理的脊背。他把戴着手套的手深深地插进外套口袋里，沉思道：

“毫无疑问，参观这里是一件绝对必要的事情。它让你明白什么才是重要的。”

实验室技术员点点头。“以及什么是不重要的。”他补充道。

人力资源经理注意到枯萎男尸的皮肤是一种发黄羊皮纸的颜色。看上去几乎就像一本神圣书籍的书页。

“有意思。”他又嘀咕道，“所有这一切都非常有意思……”

他瞥了一眼似乎对他很满意的技术员，问他是否是一个相信上帝的犹太人。“不是。”男人回答。然而，有时候在这里工作的每个人都不得不相信点什么，否则每天看着那么多生命消逝，你很可能会失去人性。

墙上的大钟滴答滴答地走着。这样一次参观过后，经理想，没人能指责他过分挑剔。他转身要走，却又有气无力地询问清洁女工躺在哪副担架上。“你知道吧，”他没有任何明显理由地补充道，“她是一位机械工程师。”

“她不在这些担架中的任何一副上。她在深度冷冻室里。你确定不会考虑看一下吗？”技术员问。

人力资源经理表示肯定。他永远也无法装模作样地去辨认一个他只匆匆见过一面的人。

十七

在耶路撒冷阿拉伯区空荡荡的潮湿街道上，街灯比犹太区的更加昏暗，坐在开着暖空调的车里，他又感觉自己非常想要跟老板汇报。虽然不确定音乐会是否结束了，他还是用车内的免提功能拨打了老头家里的电话。管家用略带英国口音的英语有教养地告诉他说主人还没有回来。音乐会很晚才会结束，因为它的下半场有一段异常长的交响乐。

"大概是马勒的曲子。"人力资源经理说，他一贯对自己的音乐知识感到自豪。

然而，管家对作曲家不感兴趣，只关心作品的长度。知道老头午夜前不会回来就足够了。如果人力资源经理想要留言，她会记下来。

人力资源经理决定不留言。为什么要告诉老头工作完成了，而让他睡个太平觉呢?

穿过城市两边之间不可根除的无形边界，他转换收音机的频道开始收听音乐会。不，不是马勒。不过好似跟他心有灵犀，双簧管和单簧管听上去几乎就是马勒的感觉。当他加速穿过塔尔比亚的街道时，一段重复音符的快节奏敲击让他不禁用一只手指挥起来。他驶过他母亲的公寓楼，在他高中母校边转了个弯。这是谁的交响乐？要是他继续听下去，他或许可以听出来。但耶路撒冷太小了，不足以让人听完一整首交响乐，而且他已经快到发生爆炸的集市了。死去女人生前居住的乌沙巷就在他前面的小山下。为避免陷入单行道和死胡同构成的迷宫，他关掉收音机，把车停在一条主道上。然后他从扬声器上拔下他的手机，放进外套的口袋。

当我们听到敲门声时，除了依然穿着裙子的大姐，我们都已经换上睡衣了。尽管我们的父母出发去参加拉比的婚礼前提醒我们说，九点以后千万不要给任何人开门，就算是我们自己的奶奶也不要开，我们还是激动地跑去看是谁在敲门。我们都确信是奶奶来查看我们睡觉的情况了。我们甚至都没有问："是你吗，奶奶？你是来这儿过夜吗？"便立刻打开了门。我们差一点晕倒。一个陌生人站在那儿，他甚至都不是一个装束传统的犹太人，而是一个身材健壮的短发男人，发型跟我们妈妈睡觉前拿掉假发后很像。他问我们是否知道尤丽娅·瑞格耶芙住在哪里，因为他已经楼上楼下到处找过，却没有找到她。虽然我们本应该关上门，拴好门链，像我们的爸爸教的那样透过门缝跟他讲话，我们却都异口同声地回答："她不住楼上，也不住楼下，她已经不住这里了。她搬去后院，去住我们邻居过去当储藏室的小棚子了。"大姐不喜欢我们代她回答，她让我们别作声，然后说："她现在不在这里，因为她在面包房上夜班。有时她会带一块甜哈拉给我们在安息日吃。"但知道一切的三姐开始喊起来："不是这样的，不是这样的，不要听她的！尤丽娅被解雇了，爸爸认为她一定是离开了耶路撒冷，因为他也在到处找她。"

陌生人用轻柔的声音微笑着解释说他是面包房的人事经理，尤丽娅并没有遭解雇。问我们还记得一周前发生在集市里的爆炸吗？她在其中严重受伤，现在正在医院里，他带着钥匙来到这里是为了替她拿些东西。他叮叮当当地掏出钥匙给我们看。

我们再也忍不住了。楼里的每个孩子都认识尤丽娅。她是一个安静友善的女人，虽然她不信犹太教，我们都尖叫起来："哦，不，天哪，发生了什么？她在哪个医院？"我们肯定我们的父母会想要去探望她，因为这是《摩西五经》里的一条戒律。

但陌生人却抬起一只手说："别着急，姑娘们。她伤得很重，现在不能接待访客。请告诉我：有人来找过她吗？"

"没有。"我们都说，"没人找她。如果有的话，我们会看见的。"他点点头，问电灯开关在哪里，以及怎么去后院。至此我们已经把父母要我们当心的提醒忘得一干二净，大姐跳起来说："来吧。我带你去。我会向你展示一切。"她又对我们说："够了，姑娘们。现在就去睡觉。"

但当大姐跟一个甚至都不信教的陌生人一起在外面的院子里时，我们怎么可能睡觉呢？于是我们五个人，外加才三岁的小妹，一起穿着法兰绒睡衣跑了出去。外面漆黑一片，在旧木板和旧工具之间，到处都是烂泥和小水坑。我们低头躲避晾衣绳，把男人领到棚子前。尤丽娅的旧名牌被暴风雨扯掉了，只剩下新名牌，上面写着我们给她取的希伯来名字，因为我们从《圣经》里替她找了个名字写在她的门上，她只是笑笑，由着我们这么做。

十八

人力资源经理看着第一把钥匙在锁里转动，并肯定第二把钥匙也会打开什么。任务完成了，他想。我找到了这个女人生前的住处。她依然是我们的、人事部的责任。但为什么这些穿着长睡衣的可爱小女儿依然哆嗦地站在我的周围呢？她们中的一个肯定跟我的女儿差不多大。她们想从我这儿知道什么？既然我打开了门，她们一定是在等我进去寻找我承诺要带去医院的东西。

他朝她们笑笑，说：

“小姑娘们，谢谢你们的帮忙。这儿又湿又冷。而且时间也很晚了。现在你们快点跑回去睡觉吧，免得感冒。”

虽然六个姐妹，从最大的到最小的，都被他父母一般严厉的口吻惊到了，但她们还是踌躇了片刻，不确定是否应该听一个连传统犹太服装都没穿的陌生人的话。然后，突然，她们像一群翅膀一拍受到危险警告的小鸟一样，头也不回地“飞”走了。他走进棚子，一个黑冷的空间，里面弥漫着一股挥之不去、犹如远古沉睡的气息。

他打开头顶上的电灯。灯泡的光亮很弱，他又开了一个台灯后还是看不太清楚。床铺皱巴巴的，仿佛最后一天早晨一场噩梦让她匆忙从床上跳起来一般。枕头后面是另一盏固定在墙壁上的灯。现在终于有足够的光线来检查这个房间了。

有那么一瞬间，他有点畏缩。谁准许他来这儿的？但他很快恢复了镇定。公司的人道主义精神正在受到攻击；这个时刻需要的是同情、关心和投入，而不是道歉。如果他要处置这个女人的东西，并试图安排补偿，他必须建立起和她的人道关系。是的，补偿。为什么不呢？

床边摆着一个光脚修士造型的人偶。它身穿一件黑色的长袍，脸上粘着亚麻做的黑色胡须。人力资源经理拿起它，看看它是什么材质做的，然后把它放在架子上一个小晶体管收音机的旁边，他忍不住打开收音机，希望能听到音乐会结束。他脱掉手套，摆弄着它。有一会儿，传出的只是含糊不清的声响；接着他找到了那段他不熟悉的洪亮交响乐的波段；此时管乐部分吹的是一段庄严舒缓的乐章。他小心地握着收音机，略有些激动地把一件花纹图案的女式上衣从摇晃的藤椅上拿开，然后坐下来，闭上双眼。

做销售的时候，他在宾馆度过了许多夜晚，总是担心会失眠，于是他决定永远不在午夜前上床睡觉。现在，离开他妻子并搬进他母亲家里后，他养成了在每天傍晚电视新闻开始后沉沉地小睡一会儿的习惯。这有助于让他晚上精神抖擞地流连于城里新建的时髦酒吧区，他希望能在那儿找到一个新的对象。但今晚，小睡只能在离世清洁女工的房间里匆匆完成。

尽管门和大窗都关得很紧，裹着外套和围巾的他还是觉得棚子里冷得刺骨。他站起来寻找原因，发现卫生间里有一扇小窗户开着。一根晾衣绳通过窗户一直拉到附近的篱笆上。在被云朵追逐的月亮的映衬下，可以看到绳子上的衣服在微风中轻轻摇动。

假如他找不到女人的朋友或亲戚来接管她混乱的家务事，人力资源经理想，那他将不得不叫他的秘书来处理。秘书的日常工作是坐在电脑前做事，他肯定她会喜欢任何可以让她离开电脑的任务。同时，他决定，他至少应该关起窗户。在确定交响乐一时半会儿不会结束后，他重新戴上手套，走到外面的院子里。他走到小棚子的后面，童话小屋的背面凄惨地堆着些旧木板和工具，他从篱笆上解下晾衣绳，轻轻地收起那些被雨水淋湿又溅着烂泥和树叶的衣服，它们感觉很轻，摸起来却透着亲密。回到室内，他把衣服放进水池里，想了想，不知道他是否有权漂洗它们，接着他打开水龙头，吃惊地发现水立刻就热了。曾经把棚子当成储藏室的邻居把它的管道和他自己家的接通了。夜班主管肯定也会很喜欢待在这里！但一定不能让他和这儿有任何关系。他的痴情造成的麻烦已经够多了。

在卫生间薄薄的墙壁的另一面，音乐显出朝协调和弦转变的迹象。他关上水龙头，把衣服留在水池里，已经有点后悔把它们收进来了。他一定不能再碰其他任何东西：不碰抽屉，不碰文件，不碰照片。万一大家正在寻找的她的朋友或亲戚真的出现了，并指责他偷窃怎么办？他能说什么？“你们去哪里了？”“为什么你们直到现在才想起来找她？”

他又在椅子上坐下，一边用一只耳朵听着此刻已经逐渐慢下来的交响乐，它一定是快要结束了，一边审视着死去女人的住所。那个致命的早晨，她或许原本是打算再回床上休息的，因为除了床，房间里的其他东西都摆放得很整齐。虽然穷，她却很有品位。桌上折叠的餐巾旁，摆着一只干净的空盘子，沉默地见证了永远也没吃成的最后一餐。一个纤薄的花瓶里插着两枝银莲花，虽然水已经蒸发掉了，但它们看上去依旧很娇嫩。

除了单独一幅没有装裱的速写，墙上什么都没挂。没有照片——没有被父亲带走的儿子的照片，没有离开她的男朋友的照片，甚至都没有依然在乡村等着来耶路撒冷跟她团聚的老母亲的照片。那张速写看着很业余——是她自己画的吗？——炭笔描绘了一条废弃的小巷子——在耶路撒冷的旧城里？——小巷子逐渐延伸到一个带有尖塔穹顶的清真寺的剪影。

庄严的音乐变成了一段可怕的、充满挣扎的不和谐和弦。听着小收音机挣扎着传输出的音乐，他瞬间猜出了作曲家。毫无疑问，他边想边用一只手指挥着。除了那个固执虔诚的德国老男人，谁还会如此沉闷呢？

他很高兴自己猜了出来。当他打电话给老头时，他要让他大吃一惊，不仅要跟他讲他的侦探工作，还要跟他探讨音乐会。“不管你相不相信，我在工作时听了音乐会。我只是不知道那是第七还是第八交响曲。”

这户人家位于城市中心一片半正统犹太教居民区里，这间隐匿在后院里的小棚子，对他有种说不清道不明的吸引力，他好奇屋主到底收了多少房租。“尤丽娅·瑞格耶芙。”他对着空屋子抑扬顿挫地念叨，“尤丽娅·瑞格耶芙，尤丽娅·瑞格耶芙。”这个比他大几岁的美丽女子在他的生活里飘然而过，他却没有注意到她的迷人微笑，她的死让他很难过。

黑暗激昂的德国交响曲已经进入了尾声，突然被他叮铃的手机铃声打断。在外套的众多口袋里找到体积很小的手机不是一件容易的事情，幸好来电者很有耐心。“别挂。”他一边调低音乐的音量，一边喊道。但当他回到电话上时，发现电话的另一头是他妈。她睡不着，便打电话来问问他是否去过医院，并找到人来处理死去女子的事情了。

“是的。”他叹了一口气答道，“我去了斯科普斯山上的太平间。撇开其他不谈，他们还要我看尸体。”

“那你同意了？”她惊愕地问。

“当然没有。我才没那么天真呢。你倒是说说，我怎么可能去辨认一个我都不记得的人呢？”

至少这一次，她对他感到满意：“你一口拒绝是对的。这不关你的事情。你终于有点脑子了。你在哪儿，酒吧？”

他纠结了一下是否要告诉她，然后还是跟她说了。

“在她的住处？为什么？”

他尽量简短地解释了一下。

“你能把门打开？”

“当然了。”

“你想要找到什么？”

“没什么。我只是想四处看看。我在想，或许公司应该更大方一点。有人得付钱把她的物品寄给她的家人……”

“当心点。不要碰任何东西。”

“我为什么要碰任何东西？有什么可碰的呢？等一下，妈妈，等一下……”

交响曲的最后几个小节似乎让听众有点吃惊。起初从收音机里传来的是稀稀拉拉的礼貌掌声，犹如一台怠速发动机。鼓掌的人逐渐才多了起来，仿佛是听众不想让音乐家们难堪。人力资源经理希望音乐会没让老头太过疲惫。今晚他想要给他做个全面的汇报。他小心地调响音量，等着曲名被揭晓。然而，他听到的只是轻柔起伏的掌声。虽然一个好心人拖着长音大喊了一声“好样的”，试图为管弦乐团或他本人喝彩，却没人响应。

“稍等片刻，妈妈……别挂……”他不情愿地回到电话上，以免他妈生气。

“怎么回事？有人跟你在一起？”

“没有。谁会跟我在一起？我只是在等着听收音机里公布一首交响曲的名字。”

“你还需要我做什么吗？”

“**我**还需要**你**做什么？”他大吃一惊，“我倒是想不出来。”

“那好吧，晚安。”

“我不会回来太晚。”

“随便你的。”

不等他对曲名的猜测被确认，音乐会就被整点新闻打断了。人力资源经理关掉了收音机。

雨水再度噼里啪啦地拍打着小棚子的屋顶。他很累了。然而，他在心里鼓舞自己说，如果我为了不让老头失望已经走到了这一步，那我现在也不能辜负他。他的汽车和司机正在音乐厅外等他，他很快就会回到家里。假如我更变态一点，我可能会盖着毯子，在这张床上小睡一会儿。但我就是我。我不是爱她的人，没有陷在爱里，也不是她爱的人。我只会把毯子折折好，然后离开。

十九

半小时后，他打电话给老板，发现他在家里。“听完布鲁克纳的第八交响曲，”他问，“您准备好听我的故事了吗？”

“什么第八？”老头感到好奇，“是第九交响曲。”

“啊。”经理匆忙纠正自己，彰显学识地说，“那首未完成的交响曲。”

“未完成？”老头显然没费神去读曲目注解，“一首长度超过一个小时的曲子，还能未完成到哪里去？”

“仔细想想吧。”人力资源经理说，“您听到的只是前面三个乐章。假如那个饱受精神困扰和挣扎的便秘男人在死前完成了第四乐章，那么您将不得不再坐上半小时……那么您怎么说？您有耐心听您在等的汇报吗？还是您想立刻去睡觉了？”

“我已经在音乐会上睡过了。”老头开玩笑地说，“反正我这样的年纪，也不需要睡觉了。如果你还有力气，就来我这里吧。只要给我几分钟整理一下。同时，我想要一个明确的是非答案：我们是否有罪？”

“更像是负有责任。”

“对什么负有责任？”

“我过会儿再告诉您。”他冷淡地打断了对话。

当他抵达豪华的大公寓时，已经快一点了。他只来过这里一次，还是在很多年前老头吊唁亡妻的那个星期里，他其实从未见过那个中年女人。当时客厅里满是前来悼念的客人，人力资源经理义不容辞地咕哝几句后，便退到一个角落里，坐在一个带照明装饰的柜子边，柜子里摆满了各种黏土和石膏制成的栩栩如生的面包和烘焙产品模型，它们都是公司漫长历史上生产过的产品。

今晚，当他是唯一的客人时，他发现自己受到同一个柜子的吸引。管家是一个有着深色皮肤、满头白发的矮小印度人，她接过他的帽子、围巾和手套后便去叫老头。人力资源经理想知道，老板选这个女人当管家，是否表明他认为自己已经老得不能行男女之事了？

老板过了一会儿才现身。自人力资源经理认识他起，这是他第一次显得那么苍老。他高大的身躯有点驼背；潮湿的头发软塌塌的，毫无平日里高贵飞机头的风采；他的黑眼圈很重，脸色苍白；塞在一双旧拖鞋里的脚干燥且静脉突出。有那么一瞬间，人力资源经理甚至不安地觉得他的老板在浴袍下可能什么都没穿。交响音乐会一定是耗尽了他的精力。他不仅想要知道人力资源经理发现了什么，也似乎急切地希望借助年轻男人的精力为他自己充电。他倒了两杯红酒。

“那么，”他抬手和经理碰杯，“现在一切都搞清楚了？你查明了她的身份？她真是为我们工作的吗？告诉我你知道的事情。”

人力资源经理呷了一口品质极好的红酒，默默地把此时已经有点卷角的薄文件夹递给老板。“在我跟您讲之前，”他说，“您先看看吧。”

老板面无表情地又看了一遍报纸的文章，布满皱纹的修长手指仔细地划过电脑打印出来的一行行字，接着他的目光转向人力资源经理手写的那份简历。他拿起文件夹里的照片，起身打开落地灯，凑近凝视起照片上清洁女工的脸，仿佛是想让她死而复生。

人力资源经理给自己又倒了点红酒。“您觉得她是个漂亮女人吗？”老头走过来还文件夹，经理轻轻地问他。

出人意料的问题让老板拿回文件夹再看了一眼。“漂亮？很难说。或许……但你为什么这么问？她看上去很有教养，你觉得呢？”

人力资源经理再度感到痛苦，仿佛有样东西从他身上被永远地偷走了。

“教养?”不知为何这个词让他感觉不爽，“您是什么意思? 您看到了什么?”

这个问题让老板咯咯地笑起来。“我不确定。她身上有种外国人的感觉，有点……亚洲人的感觉，尽管她皮肤很白。”

人力资源经理不得不告诉他一切。“您不会相信我所经历的事情。”他脱口而出，“我去了斯科普斯山上的太平间。事实上，我刚从那边回来。他们想让我辨认尸体。我拒绝了。告诉我：我该为一个我这辈子只见过一次的人负责吗? 但我找到了一个更好的办法。您要听吗?”

老板更深地陷进椅子里，他碰碰年轻男人的膝盖，仿佛是让他平静下来。“过来。”他边说，边把酒瓶移开，“已经很晚了。让我们从头说起吧。一件事情一件事情地说。”

人力资源经理迟疑地放下酒杯。一个新念头出现在他的脑海里。看看这个老头，他想，尽管他很有钱，但他还是坚持受雇于他自己的公司，只为在所有利润之外再领一份工资——但这一切都无法阻止他不久于人世。谁知道接替他的将是一个像他自己那样的人，还是一个匿名的董事会?

他感到一种温暖的亲密，仿佛他是在一个年迈堂兄开的公司里干活，仿佛这个堂兄已经走到了他人生的最后阶段，所以能跟他无话不谈。于是，他在对红酒赞不绝口并以此换来第三杯后，开始讲述他的故事，故事以老板半斥责似的宣布“别无选择”开场，以关掉死去女人破旧屋棚住处的电灯告终。

他像讲一个侦探故事一般讲述了事情的前因后果，知道自己不可能揭示所有的真相。夜班主管的动机为整件事情的发展埋下伏笔，这点就必须掩盖起来。他感觉高品质的红酒在他体内逐渐发挥了作用，他小心地避免提及太多令人困惑的细节，也避免太过笼统的概括。当他最后讲到事情的核心时，他为夜班主管辩护，仿佛是在维护他自己一般。

老板仁慈耐心地听着，任由人力资源经理按他自己的方式讲述。他的浴袍和他的人一样老。它掉了一粒纽扣，露出下面干燥苍白的躯体，薄薄的皮肤上布满了交错的青筋。

人力资源经理投入地讲下去。他形容了一番那具他没有因为畏惧而不敢看的尸体，还特别提到了那个带胡须、修士造型的玩偶，然后他又讲到了女人皱巴巴的床铺。他微微一笑，为自己把床铺好表示道歉。他觉得那是他必须要做的事情。

“好样的。”老板赞许地看了他一眼说，“今晚你没有走任何捷径。你的表现远超我的预期。今天下午当我威胁说要找其他人时，一定是吓到你了……”

“那不是您唯一的威胁。”人力资源经理语带责怪地说，“您还暗示说我将丢掉工作。”

“我有那么说吗？”不知道老头的惊讶是装出来的，还是他真的忘记了，“那篇文章一定是让我很生气。”

“我好奇当时您心里想的是谁。我是指，您想让谁来取代我？”

老头的眼睛一亮。“候选人多得很。但我为什么要替换你呢？你又一次证明了你是多么足智多谋——尤其是在你不想让我失望的时候。”

人力资源经理对这个描述表示赞同。“这是真的。正如您所言。我讨厌让人失望。这应该能有助于您理解为什么今晚我不想让我的女儿失望。让她的母亲失望已经足够了。”

“你一点儿也没让她失望。”老头叫起来，“我替她找的代班父母让她很满意。我的行政经理在音乐会前打电话给我，跟我说她和她的丈夫干得很开心。”

“她打电话给您了？”人力资源经理感觉受到了欺骗，“那么您早就知道了我跟您说的事情……”

“其中的一些。在你了解我的音乐会进程时，我也在了解你的进展。我甚至在音乐会间隙给医院打了电话，但没人知道你是否去了那里。”

“没人会知道。但您为什么要打电话过去呢？”

“我想知道你是否有所进展。你依然没有意识到被指责不人道是多么让人心烦。假如失去人道精神，那么我们还有什么呢？”

“还有谁给您打了电话？”

“夜班主管。”

人力资源经理大吃一惊 。“他？什么时候，音乐会期间？”

“不是，就刚刚，在你来之前。所以你才等了一会儿。他无法从跟你的谈话中回过神来。他觉得也需要跟我坦白。他不确定你是怎么看他的。”

“为什么呢？难道我对他不公平？”

“相当公平。他对自己远比你对他要苛刻。但我很久以前就认识他了。我是最不会被他的多愁善感欺骗的人。他为我们工作四十多年了。我的父亲雇用了他，当时他是一名刚离开军队的年轻技术军士——一个帅小伙，不仅对跟他一起工作的女孩子很有吸引力，那些较年长的女人也很喜欢他。我们时常要帮他解决麻烦。他甚至在婚后也有过风流韵事，花了很长时间才安稳下来。这正是我们安排他上夜班的原因：夜班较为安静，工人们都累了，也没啥时间出轨。几年前他成了爷爷。他甚至请我当他一个孙子的教父。现在他居然为一个肮脏女人神魂颠倒到要解雇她以自保的地步！却还是把她的名字留在发工资名单上，当然……”

人力资源经理感觉疲惫且虚弱。他需要结束这一切，回他母亲那儿，洗澡，然后睡觉。

“那么我们该采取什么策略？”他用最后的力气问道，“我们该做出怎样的回应？”

“没什么策略。”老头脸色苍白，激动地说，“我们不会做任何辩护。我们将接受指责，道歉，并提供补偿。”

“为了什么？”

“为我们所造成的不敬。为我们毫无理由地解雇一个人。为我们人力资源的无知。我们将这样了结这一切。我们不会虚情假意地道歉，因为那只会让那个狗娘养的进一步深挖此事。这个故事，我们不会提供任何我们自己的版本。我们将简单地说：‘这一切都是真的。它是我们的错误。我们请求原谅并希望能赎罪。’”

“赎罪？”

“是的。彻底地赎罪。就是这样的说法。我猜我们还将不得不把她运去国外安葬，或把她的亲戚请来参加在这里举行的葬礼。我们也应该考虑帮助她的儿子。她的物品需要得到妥善的处置。最重要的是，补偿金一定要丰厚。”

“但这关我们什么事？”人力资源经理抗议道，“这是政府的责任。爆炸不该怪我们。让政府来处理这事好了。”

“政府会做它必须要做的事情。我们得代表她的家人，确保政府做到位。当然，那篇文章很恶心。但恶心也不总是不对的。想到那个女人病危时我们中都没有一个人知道，我也能哭出来。然后她又无名无姓地躺在太平间里，因为就连我们的夜班主管也没留意到她的失踪！听着，我的朋友。我想做的不是道歉。我想做的是赎罪。我八十七岁了，没时间去搞辩论。我不会让我或我祖宗的名誉受损。”

“你强烈想要那么做？”

“非常强烈。”老头猛地抬高音量说，并高兴地看到矮小的印度管家在厨房里担心地朝外偷看。

“但是为什么呢？”人力资源经理不再清楚他自己在反对什么，“那个女人多拿了一次工资，您却把它当成一种罪孽，要求进行宗教赎罪。”

“就让这成为宗教赎罪吧。那又怎么样？那有什么问题呢？”

人力资源经理试图对此轻描淡写：“我认为是布鲁克纳的音乐让您沉溺在基督徒的内疚感中。”

“不要这样想。音乐会的大部分时间里我都在睡觉。”

“那正是我们的潜意识最容易受到影响的时候。”

“如果你担心的是我的潜意识，”老板一边回答，一边把手伸进浴袍里挠痒，“那不要觉得我在潜意识里会觉得政府靠得住。”他显然很享受这场谈话：“是的，我想要赎罪。我负担得起。而且我也正好有人能干这事……”

“您指我？”

“自然是的。除了你，还能有谁？难道不是你要求把人事部改名为**人力资源部**的吗？你也在乎你的人道。就是这么简单，我的朋友。你今天对我保证让那个女人……你说她叫什么名字来着？”

“尤丽娅·瑞格耶芙。”人力资源经理精疲力竭地轻轻说道，突然意识到事情是在朝什么方向发展。

“对。那就由你多负责一会儿尤丽娅·瑞格耶芙的事情，直到你为她妥善安排一个葬礼。你为此事工作得很卖力，决策也很正确，没有理由不让你继续干下去。我们要向这个城市表明，我们没有躲避任何责任，我们理应受到宽恕，甚至要让那个记者也这样觉得。相信我：那个狡猾之徒看到我们这般悔悟后，一定会昏过去的。眼光要放长远一点，我的朋友。我们别无选择，只能将此进行到底。不要担心花费。你办事需要的一切款项都会到位。无论白天黑夜，你都可以随时联系我，就像现在一样……”

当人力资源经理走回到外面空荡荡的街道上时，他觉得自己被笼罩在一片白色的模糊中。坐在车里，他没有直接启动引擎融入车流，而是先打开车窗，让外面的冷气吹起来，接着又在电台上搜索能让他保持清醒的好音乐。然而，他唯一搜到的音乐却太寡淡，无法打动他。他把脑袋搁在方向盘上，静静地等待。从窗外飘进来的雪花让他意识到白色的模糊感不是他喝下的红酒造成的。耶路撒冷正飘起了一场轻柔的小雪。像小时候一样，这让他的精神为之一振。

第二部分

任　务

一

只有在梦里，他想，他母亲的声音才有可能跟他秘书的声音一样。然后他睁开眼睛，意识到他的秘书正在公寓里要求进入他的卧室拿清洁女工的钥匙。她的婴儿是不是还绑在她身上？他期待再亲一口它温热的小脑袋。想到她正在门外，即将扭动门把手，他从床上跳起来以保护他的隐私。在过去的二十四小时里，他的秘书随心所欲地行事。但现在已经很晚了，快十点了。老头的红酒本是一天辛苦工作的完美收官。这也是他母亲的错。她不该放低百叶窗或拉开窗帘。

他迅速穿好衣服，叫他的母亲关上客厅的门。他一点儿也不想让秘书看到他跑去卫生间。在他洗漱刮胡子前，他不打算跟秘书进行任何谈话。但他问母亲，外面是否还在下雪。

“什么雪?”

“不要告诉我雪已经停了。”

她一点儿也没听到下雪。外面没有任何下过雪的痕迹。

片刻后，他来到客厅，虽然洗漱并刮了胡子，但那些证明他过渡状态的纸箱子还是让他感觉尴尬，他发现一身上班装束的秘书正在一本正经地询问他的母亲。

“这儿是怎么回事?”他插进来问。

自然，她不是主动要来这里的，她告诉他说。她是老板派来的，老板强烈的内疚感让他想要更积极地参与此事的进展。经理没有按时来上班，所以他派她来取死去女子住所的钥匙，他想在做下一步决定前亲自去看看。

“他想要去看那个悲惨的小房间？究竟是为了什么？”

他的抗议也是针对他母亲的，她现在似乎也成了秘书的同谋。很高兴能离开办公室来这里的秘书挥手对他的抗议表示不予理会。

“为什么他不应该去看呢？你要瞒着他什么？就让他看看他的员工住的是什么样的地方好了。既然他还活着，那了解一下现实也不会伤害到他。”

他忍住没有和她争执。事实上，她采取的新批评方法——不仅是针对他和夜班主管，现在他看出来了，也是针对老板的——这让他更喜欢她了。他饱含感情地看了她一眼，询问她的孩子昨晚是否安全到家了。

“当然了。”

“我不得不告诉你，我是真的很担心他会被闷坏。”

“这点你大可不必。”

“今天你也应该带他一起来的。”

“如果你觉得他那么好玩的话，我每天都可以把他带来办公室。只要你肯照顾他。”

“我乐意的。我宁可追逐小孩也不要追踪尸体。”

仿佛她的宝贝突然被置于危险之中似的，她身体一僵，脸色变得苍白。她扫了一眼手表，放下他母亲给她倒的咖啡，在椅子上坐直，戏剧化地伸出手要钥匙。然而，人力资源经理拒绝交出钥匙。他命令她回办公室去，宣布他会亲自陪老板去看小屋棚。

于是在这个清爽、清新的早晨，老头出现在集市附近，他身上的貂皮大衣更让他显得矍铄。他的脸颊因为天冷而变得很红润，尊贵的飞机头发型也回来了；他一点儿也没有昨晚的疲劳痕迹。在行政经理的陪同下，老板跟着表情严肃的人力资源经理穿过小街小巷，来到一个院子前。

光天化日之下，它失去了一切神秘感，一堆堆的木板和垃圾让它显得很低档。一层薄薄的白色积雪让人力资源经理明白下雪不是他臆想出来的。

他从口袋里掏出钥匙，像一名执业房地产经济人一般打开门，领老板和行政经理走进去。昏暗发绿的光线从一道他之前没有注意到的厚重格纹窗帘里透进来。“你们各处随便看看吧。”他闷闷不乐地说，“这就是个壁龛。我什么东西都没碰过，除了从一根绳子上收了些衣服下来，我把它们放在水池里了，以免它们发霉。实际上，我也不该那么做，因为只有她最亲的亲戚才有权处理她的物品。我们最好还是让国家保险系统来管这些吧。他们是这方面的专家。”

但老头没心情考虑这样的建议。他的大眼球里闪烁着好奇，他走到一张铺着和窗帘同样布料的小桌子边，随便地拿起桌上的一个碗，检查起来，甚至还用鼻子闻了闻。然后，他叫行政经理打开一个衣柜的抽屉，就毫无拘束地彻底翻起来，检查死去女人的衣服，甚至还单膝跪地去检查最底下抽屉里的鞋子。

“总而言之，这儿没多少东西。”他总结自己的印象说，“而且在这里的东西也都看上去又破又旧。即便如此，我们还是要主动提出把它们送到她在世的亲朋手里。”

已经为老板工作了多年的行政经理怀疑地点点头，并偷看了一眼人力资源经理。人力资源经理一言不发。他厌恶老头随心所欲的强大破坏力，就在这同一个房间里，昨天晚上他坐在草编扶手椅里重复着在爆炸中丧生的女人的名字，感觉异常悲伤。

年迈的老板继续东翻西找。在试图解读一个斯拉夫字母组成的书名失败后，他逛进小厨房，把一个煎锅翻过来仔细打量锅底，整理了一遍刀叉，又去检查在水池里泡了一整晚的内衣。他不拘小节地卷起貂皮大衣的袖子，开始完成人力资源经理留下的工作，他拧干那些纤薄的内裤、尼龙长袜、衬裙和花朵团案的长睡衣，并小心地把它们像鲜艳的装饰品一般平铺在扶手椅上晾干。“我们需要一张她的好照片。”他宣布。

行政经理听了一愣。“为什么？”

“用于我们面包房的纪念展览。纪念展不该只为在工作事故中死去的雇员举办。恐怖袭击的受害者也应该被包括在内。”

人力资源经理受够了。

“我再提醒您一下。”他转向情绪亢奋的老头，严厉地说，“我们不该在这里翻查。我们公司对这个女人没有人身债权。因为夜班主管坠入爱河，我们的麻烦已经够多了。为什么还要揽下更多的麻烦呢？”

老板不为所动。

“尤丽娅·瑞格耶芙。”发绿的灯光下，他声音颤抖地说，“这是什么样的名字？你听着有没有觉得这是个犹太名字？”

“谁在乎呢？”人力资源经理有点恼火，“唯一要紧的事情是，她还在我们发工资的名单上。”

老板转身注视着这名几乎比他年轻五十岁的雇员。“你怎么啦？”老头把一只手放在人力资源经理的肩上，平静却强硬地问，“是什么让你如此激动？我说什么重要什么不重要了吗？你说得对。重要的事情是她还在我们发工资的名单上。这正是我们要给她提供她应得的周到待遇的原因。但假如我们不了解她来自何方，我们就无法妥善地安葬她。”

二

起初我们没有注意到他在那里。当我们注意到他时，我们猜想他一定是情报部门派来的，那种现身来搜寻信息的人，一个来打探关于死者的一两则私密细节的人，不是所有的人都是经过这里的无辜路人。我们不愿费事去跟他说话。他似乎也很高兴就这么站在角落里，仔细地聆听社工、病理医生、心理医生、财产评估师和市政职员讲话，他们所有人都有些关于死者、伤者及其家庭的话要说。无论你相不相信，我们还有些十年前甚至更久之前的案子没有了结。

然而，过了一会儿，我们受好奇心的驱使，问他是谁，他代表谁。他为闯入我们的会议表示道歉，他说，他这么做只是为了向我们揭示一名恐怖袭击受害者的身份。他拼出她的姓名，并背出了她的签证号码，仿佛那是他自己的身份证号码一般。

起初我们没有意识到这个女人与他有关。无论是她的名字还是她的签证号码都没让我们想起什么。但接着有人想起了上周爆炸事件中一具身份不明的遗体，可我们对那次爆炸的注意力已经转到之后发生的另一起爆炸上了。我们肯定那具遗体已经被转去中央病理学院，我们也就不再对它负有责任。现在我们却得知它依然在耶路撒冷。一篇发表或将要发表在当地周报上的文章，使得这位心怀好意的男人前来辨认遗体。他重复了一遍她的名字和签证号码。

自然，我们对他有所怀疑。他是死者的亲戚？朋友？邻居？抑或可能是情人？这类人有时会在死者身后冒出来。我们以前碰到过他们中的每一类。然而这一次，他不属于上面所说的任何角色。让我们吃惊的是，这个男人甚至不认识死者。他是耶路撒冷一家面包房的人力资源经理，死者生前作为无依无靠的临时居民曾在他们那儿当清洁女工。好多天里没人发现她失踪了，现在公司希望能帮忙安排葬礼，以弥补他们的疏忽。

这个男人要求我们能允许面包房以非公开的秘密方式协助安排葬礼，这真是再好不过了；这缓解了会议的阴郁气氛。我们立刻将他和一位移民局代表领到另一个房间，后者询问了男人所知道的关于死者的一切信息，记录下以后联系所需的他的电话号码和地址。后来，我们得知他离婚了，现在跟他的母亲住在一起——不过这也不是什么惊天发现。

移民局代表是一个眼睛很闪亮的女人，她说希伯来语，虽然带点口音但却很流利，她把他领到旁边的一个小房间里。由于他拒绝交出他的黄色文件夹，她只能仔细地抄写下死者的个人信息细节和简历。当她没有对清洁女工的照片作出反应时，他冒昧地问她是否觉得女工很漂亮。“为什么她不该漂亮呢？”她的回答不是太符合逻辑，她合上文件夹，把它交还给他——这个动作让他闻到了她身上的香水味。一部锃亮的手机出现在她的手掌上；她用手机把他的信息传给她的办公室。“你已经完成了你的工作。”她对人力资源经理说，“我们会找到她的家人，并弄清楚他们想要我们接下来怎么做。”

人力资源经理轻轻地握住她的手。“稍等片刻。”他说，“我的工作还没有结束。我代表一家大公司，我们希望能参与处理这起悲剧，我们也有能力承担费用。这关系到我们的利益。我们的公众责任要求我们重视每一名雇员，哪怕只是一名临时清洁女工。我们希望表明立场，我们期待和政府一起向死者致以我们最后的敬意。你瞧，我们已经遭受到了媒体的攻击，甚至被指责为不人道。”

“不人道？”她好奇地打量他。人力资源经理不愿再让另一个女人从自己的记忆里溜走，他一边在脑子里默默地记下她精致的五官，一边简短地总结了一下那篇即将发表的文章的大意。当然，他没有提夜班主管对那个女人的迷恋。一切只是一个文书错误而已。

“或许是我们反应过度。”他说，“但在这种时候，我们必须对我们自己严格要求，而不仅仅是严格要求别人。”

他记下她办公室的电话和传真号码，尤其是那个很快就消失在她包里的小手机的号码。

三

那天下午的早些时候，当他抵达办公室时，管理层的办公区一片安静。他秘书的外套和手包不在她的房间里。他的桌上贴着一张条子，上面写道："小宝宝身体不舒服。明天回来上班。"她在说谎，他想，小宝宝什么病都没有。她是在报复他那晚拒绝给她钥匙。

他一页页地翻看桌上的文件。早上在国家保险的会议上听了那么多恐怖故事后，寻常的人事问题都显得琐碎而无聊。他走到走廊里去搞清楚为什么周遭如此安静，听到老板拴起的门后传来含糊的说话声，他这才想起来今天有一个讨论提升产量的会议——最近巴勒斯坦的领土被强行封锁，这意味着居民面包消耗量的增加，因为大家都吃不起更为昂贵的食物。军队摧毁了几家涉嫌庇护炸弹制造者的巴勒斯坦小面包房，这也将进一步加剧面包供应量的短缺。

他犹豫了一下，推开门，门内的房间里烟雾缭绕，所有的资深员工都围坐在一张摆着零食点心的桌子边——各个班次的主管、市场监理、工程师、运输指挥，以及几个负责会议记录的秘书。或许，他想，他可以不被察觉地悄悄溜进去。但老头立刻就注意到他了。

"啊呀，终于来了！"他大声喊道，"我们很需要你。你的秘书不见踪影，我已经大概算了一下多雇人手的费用。"

尽管人力资源经理表示他想坐在角落里，老板却坚持叫他坐在自己旁边，并立刻开始问他国家保险的会议情况。他一听说政府会找到死去女子的家人并安排她的葬礼，便松了一口气，把注意力拉回到面包产量的议题上。

人力资源经理意识到夜班主管正极度痛苦地凝视着自己，他从口袋里掏出笔和计算器，很快就算出增加人手的超人头费，以及靠调整面包房班次可以降低的费用，证明了他的核算能力。“你还想要我做什么?”他在心里默默地问夜班主管，“我拒绝查看死去女子的遗容，难道不是为了避免和你有任何微小的串通吗?”他刷刷两笔果断划掉了老板完全不现实的暂定数字。

会后，他回到办公室又算了一个更为精确的估测数字。当他打电话给秘书询问一些数据时，他被告知说她不在家。她的大儿子似乎只依稀记得自己有个小弟弟，用透着深深睡意的声音说，他不知道她在哪儿。

他工作了一会儿，窗户外面的灯光就暗了下来。他忘记了死去的清洁女工。忘记了老板想要晾干的内衣裤、长袜、花朵图案的长睡衣和纤薄的衬裙，也忘记了国家保险的那些人和斯科普斯山上太平间里的那些黏土般的尸体。他绞尽脑汁地寻思如何安排面包房的三个班次，这让他忘记了其他一切事情。

室外毫无征兆地开始下起了冰雹。有一会儿，他就坐在那里，被击打到他桌面上的白色小冰球怔住了。然后他慢慢地站起来去关窗，并打电话给前妻要求再约一天让他带女儿。他的前妻则声称不知道孩子在哪里，也不知道她什么时候回来。“你现在想从她那儿得到什么?”她不耐烦地问，“你带她的时间是昨天。如果你叫人代你陪她，那是你的问题，不是我的问题。我和她今明两天要一起干什么都已经计划好了。你可以等下周再轮到你。”

“你的报复心太重了。我们这儿出了一桩很糟糕的事故。我跟你说吧。我们的一个员工死了……”

她挂断了电话。

他回到他的计算器旁，但他却再也无法集中注意力。他的前妻成功地在言辞中注入越来越多的暴力，实在是让人害怕。他找出之前记下的电话号码，打电话给移民局的那个年轻女子。她的手机立刻就辨认出了他的号码。

“你不得不耐心点。”她语带责怪地向他问好，“我们现在只查明了她的前夫，也就是她儿子的父亲的名字。我们正在大使馆找人去查明他的地址并安排人去当面通知他。我们有过电话留言彻底遗失的糟糕经历，所以请体谅我们。”她希望今天结束前官方能知道该如何处理她的遗体。

“当然。”他态度诚恳地道歉。他自己也是搞人力资源的，他清楚处理这些事情都需要时间。但这不是他打电话给她的原因。他打这个电话是因为他之前忘了提及某样重要的东西。女人的钥匙在他手里。太平间把钥匙给了他。假如移民局或国家保险有人需要它们，他想让她知道它们在他手里。

但移民局不需要女人的钥匙。当务之急是决定在哪里埋葬她。她的衣服和个人财物都可以等等。

“你或许可以试着找找那个跟她一起来这个国家的男人。”

“她的犹太朋友，你指……”

“正是如此。你已经做了功课。她的朋友或情人。”

“情人？”她的笑声让人为之一振，“我们能指望情人什么呢？我们需要一个能负法律责任的近亲。我们唯一知道的人选就是她的儿子。”

“他是不是年纪有点太小了？”

“年轻人也能参与决定，你知道的。”

“你说得对。我怎么会忘了他呢？没错，你说得很有道理。我们必须找到他。麻烦让我——我是指我们——随时掌握事情的进展。”

“不要担心。我们会利用所有的帮手。你的联系信息在我们的电脑里。”

她和善得体地结束了谈话。

今日的世界，人力资源经理沉思道，完全可以靠秘书、电脑和手机运转。他刚想回去继续计算那些数字，就被召去了老板的办公室。

老板不在，他出去做一个医学检查了。他的电脑前坐着他的行政经理，她正在写公司给周报的回复。周报的主编同意在侧边栏里发表公司的回复，只要回复不超过七十五个字。

人力资源经理越过她拱着的苗条肩膀，看到电脑屏幕上的回复，越看他的心就越沉，目光也因为生气而模糊了。

我想感谢那位出色的记者，我们公司可耻地忽略了一名在最近的集市爆炸中丧生的临时清洁女工，他对此事的犀利曝光是很有教育意义的。彻底的调查表明，我们的失职是人力资源经理在行政和人事管理方面的错误造成的。我谨代表我自己和他以及我们的全体员工，希望表达我们的歉意和最深切的悲痛。就一切与死去女子及其家庭相关的安排和赔偿事务，我已经指示他与国家保险紧密合作。

他用手指指着电脑屏幕，轻轻地数了一下回复的字数。

“一百七十四个字。”他说，“既然我们的字数限制是七十五个字，那么让我来告诉你到底该怎么做吧。删掉那个不公平、不准确、不必要、让我想要尖叫的句子。就是这儿，这句把所发生的一切归咎于我的话。剩下的内容就刚好符合字数要求了。”

他的手指划过屏幕上一行行的句子，这次他大声数着字数。

行政经理转身看着他。她身上的温柔气质让她不同于那些性急的年轻秘书。

“但我怎么能这么做呢？假如道歉却不加说明，就是我们承认我们没能力查明错误的根源。”

“在这种情况下，”他用鄙视的口气说，“那就帮我个忙，别管这个侧边栏。你们可以在下期的周报上发表一篇全面完整的回复——一个准确详细的回复。我可以让你逐字逐句地听写一个上了年纪的夜班主管怯懦地迷恋上一个孤独外国女工的完整故事。”

“天哪，别这样！”她用一只手按住他的胳膊，让他平静下来。她那布满皱纹的苍白脸庞上依然留着被人遗忘的昔日美丽容颜的痕迹，“我们不可能讲这种如此令人尴尬的事情呀。”

“但为什么要怪在我的头上呢？”

“首先，我没有指责你。是**他**在指责你。”

“那么**他**为什么要怪我？”

他这么做，行政经理说，因为他想要人力资源经理成为他的全面合作伙伴。他不是承诺对女人的事情负责了吗？那么就让他也来承担这些指责吧。毕竟，这是他权限范围内的事情，而且他还年轻——今天在这里，明天就可能离开，假如其他地方有更好的工作。他离开后，谁还会记得这些？由他来承担责任并不会对他造成多少损失。另一方面，老板则不会去其他地方——至少像他曾经说的那样，在死亡天使给予他致命一击前，他不会离开。他的世界在这个房间里开始，也会在这个房间里结束，从这儿他能看到他的先辈们建造的烟囱。他一定不能带着愧疚离开，尤其是因为他已经备受愧疚的折磨了。

人力资源经理仔细地聆听着。他没有争辩，反倒是觉得自己的愤怒在消退。虽然他知道行政经理是一个能干的组织者，但他从未想到她也有原创思维的能力。有那么一瞬，他的思路定格在她高大自信、眼睛里闪烁着笑意的丈夫身上。长着橄榄球般脑袋的他是这一切的幕后主使吗？他改换话题，问她的丈夫对他女儿的印象是什么？

“他告诉你了。她在学习上有很多问题。”

“我不是指这个。”他不耐烦地说，“我说的不是数学和三角函数。我问的是对她的印象。”

上了年纪的行政经理尴尬地笑笑。她回避地问：“他才跟她一起呆了多少时间啊？”

但人力资源经理很坚持。“我喜欢你的丈夫。”他说，“他是个真正的人。”

她布满皱纹的脸一下子就绽出了开心的表情。她低头看着桌子，仔细推敲自己的措辞。

“我觉得他……跟我一样……觉得你的女儿是一个很可爱的小孩，远远不是……不是不聪明。只是……”

“只是什么？”

“她似乎容易很快放弃，有点不战而降……”

“放弃什么？”

“她自己……这个世界……或许还有你。这是一种自我毁灭。我丈夫说你必须为了她更加努力，不能轻易让她失望。”

“让她失望？”人力资源经理大吃一惊。但不等他辩解，他们似乎就溜过了他的防线。“我懂。”他叹气道，“我明白……事实上，我同意这种看法。他说得没错。”

他急着从这个老练诚实的女人身边脱身，于是就放弃了继续反对这个给周报的回复。

四

在老文艺复兴酒吧里，我们听到他的手机叮铃作响。要不是我们提醒他，他就会错过一个重要的电话，当时他接完电话就立刻离开了，并且没有回来。我们对顾客的手机铃声就是如此敏感。我们当酒保的习惯了酒吧老板整天用震耳欲聋的音乐轰炸我们，以至于我们对音乐听而不闻，反倒是能够一下就听到手机铃声。通常这位顾客（最近的几个月里他是我们的常客）是和手机“绑定”的，他在等女人时，总是把亮灿灿的手机放在触手可及的地方——他的啤酒和花生之间。然而，这一次，他却忘记把手机从外套里拿出来了，我们之前也从未见他穿过那件外套。他是不是因为天气预报说要下雪，就真的以为会下雪？

总之，当时他正跟两个女人一起坐在角落里，一个女人对谁都笑盈盈的，另一个漂亮女人则是老板怎么都赶不走的瘾君子，和她们一起的还有一个较为年长的男人，那个有教养的美女很喜欢跟他说话，接着从他的外套里传来了阵阵响声。显然他没有听见，于是我们喊道：“嗨！你难道没听到你的手机在响吗?”他仿佛是被蛇咬了一般，立刻跳起来接电话。“稍等一下，小姐。”我们听到他喊，“这儿音乐响得要命。”他跑到外面，过了一会儿又跑回来要账单。自那以后我们就没见过他。

电话是移民局的代表打来的；她倒是记得让他随时掌握情况。虽然时间已晚，但她觉得还是应该让他知道最新的进展。死者的前夫已经接到了通知，他要求把女人安葬在她的祖国。虽然他既没有时间也没有兴趣为一个他不再在乎的人安排葬礼，但为了儿子他希望一切都能得到妥善的安排。假如他们把他的前妻安葬在她去世的地方，他个人是无所谓的。但由于他足够明智地把他们的儿子救出了地狱——他尖刻地如此指代以色列——他觉得他们的儿子有权要求把他母亲葬在他的身边，而不是葬在一个永远处于危险中的遥远国度。

“这就是事情的最新进展。”能干的移民局代表告诉他说。她已经把这个消息传给了国家保险的热线，并且要求他们立刻把尸体转去中央病理学院，后者单独就有能力处理尸体，为长途运输做好准备。为避免任何一方碰到意料之外的复杂状况，尸体应该在四十八小时内就被送上一架周五夜里起飞的晚班包机。

“看得出来你们很懂如何把事情办好。”人力资源经理打着寒战，以职业客观的口吻表扬她。接着，他把电话贴紧耳朵，退到旁边的一条小街上，这不但能让他听得更清楚，也能避免酒吧保安好奇地盯着他看。

“是的，我们对此很在行。”移民局的代表满意地叹了一口气答道，她那可贵的充满异国情调的轻微口音让他越发觉得这个夜晚如梦似幻。哎，她继续说道，过去的三年里，她所在的移民局部门积累了许多经验——虽然坦白说，一具尸体过那么久才被辨认出身份也是少有的。爆炸后过了十天才找到她的亲属，这也太久了。这造成了混乱，也有损国家形象。现在他们必须弥补失去的时间，所以她必须立即知道人力资源经理和他的上级们是否依然希望参与，虽然政府完全可以独立处理此事。应对这类事情，政府有专门的预算，也有一支训练有素的团队，而且，既然在这个女人的祖国，没人听说过她工作的面包房，也没人知道面包房方面的错误，那就无须对此进行补偿，甚至不需要道歉。假如人力资源经理和他的公司现在想要退出，没人会觉得他们做得不好。当然，如果他们想要参与此事，那国家保险和她所代表的移民局都会很欢迎。如此多的丧亡事件，如果皆由他们自己来扛的话，负担也很重。她希望明天之前能得到他的答复，假如他的公司确定要参与的话，她也希望听到一个实际可行的方案。

他承诺会给她答复。“顺便说一句，”他补充道，“你想必已经知道这事还涉及一个母亲。她的母亲住在一个小村庄里……”

“是的，我们确实有所了解。我们甚至在地图上查了一下她的村庄的位置。它在一个荒无人烟的地方。现在联系她只会更耽误事——我们已经耽误得够久了。我们叫她的前夫联系她的母亲，他说他会试试看。那边冬天的通讯不畅。此时此刻，我建议还是不要去管她。我们可以尽量努力让她适时赶来参加葬礼。”

“没错。”

人力资源经理对他们公司的提案已经有了大概的想法，他拨冗抬头看了一眼天空，此刻的街道和他自己都沐浴在天空撒下的光辉里。一轮满月出人意料地冲破冬日的云团升起来，它在天际游弋，仿佛是受到了一股清风的驱动。他想到清洁女工，以及躺在他汽车后备厢里的那个关于她的薄薄文件夹。就在这一刻，几个粗壮的男人大概正走进斯科普斯山上的太平间，把她从冰柜的那一格里取出来，包裹好绑在担架上，在月光下把她抬进救护车或是一辆普通的卡车里，然后运往特拉维夫市附近的中央病理学院，那是她漫漫回家之旅上的第一站。他想到那十二具用于科学研究的黏土般的尸体，还想到了试验室技术员要求他去辨认。

他拒绝去辨认。

他觉得那样做不合适。

就像夜班主管对她的迷恋一样不成体统。

所以现在他永远也不会再见到那个女人。

他有种想开车去斯科普斯山的冲动，毕竟他希望能看她一眼。然而，就算他能及时赶到那里，他也无权去看。于是，他坐进车里，打电话给老板，以跟他汇报最新的进展，并让他知道公司需要立刻作出决定。不过这一次，管家决心要保护老头的睡眠。

“你知道我是谁吗？”他问她。

“我知道，我记得您，先生。”她用礼貌的印度英语回答，“但我今晚不能打扰主人。”

他一定是在靠睡眠来消除医学检查带来的疲劳，人力资源经理想。如果他这么容易累，或许这件事情也会让他觉得累，那么他就会由着我去——不过，他也很可能让我来充当替罪羊……

他母亲的公寓里传来枪击声。他小心地走进去，肯定她是在电视机前睡着了。然而，她面带笑容，很是清醒，正裹在一条厚被子里津津有味地看一部好莱坞惊悚片。

“你怎么这么早就回来了？”她问。

“早？”他不屑地扫了一眼手表，走进他的房间，脱掉衣服，换上法兰绒睡衣，去厨房给自己切了一大块蛋糕，然后端着盘子走到客厅里。也许他依然能跟上电影的情节。

“你怎么就回家来了？”

他跟她讲了女人前夫决定把女人的遗体送回她的祖国，好方便她的儿子去墓地吊唁的事情。

“这挺有道理的。”他的母亲说，“所以你就早回来了？”

“不。我的意思是，是的。我担心老头会叫我去押送棺材。他正试图利用我来证明他的良心。”

“你又在乎什么？你就去押送棺材，顺便参观一下世界的那个部分好了。”

“在大冬天里？在这种冷得要命的天气里？”

“又怎么样呢？今天早上你不高兴，因为你觉得自己昨晚看到的雪消失了。那么你会在那儿看到所有你想要看到的冰和雪。”

他看着她，既有点恼火，又有点觉得好笑。

“跟我说实话。你是不是想赶我走？我在这里是不是让你很讨厌？”

“让我讨厌，倒没有。但你在这边对我是一种痛苦的提醒。”

“提醒你什么了？”

“让我想起你之前破碎的家庭。”

五

那天夜里，他梦见自己朝他过去住的公寓投掷了一颗原子弹——一颗迷你炸弹，体积类似一个他用手指可以夹住的钢珠，看上去像是一个齿轮，一个不锈钢齿轮。尽管它的外面裹了一层润滑油，但还是很好捏。起初他对自己的所作所为感到惊恐，虽然他并不后悔。但当他看到他的妻子和女儿毫发无损地活在另外一个地方时，他的心情就平复下来了。当然，她们红红的眼睛里充满了愤怒，她们的怨恨让谈话变得很困难。不过她们会克服这些情绪的，他边安慰自己，边走去查看公寓的损毁状况。他对失去家庭相册最遗憾。一个看门人或守卫站在一条残骸构成的通道里，阻止未经授权的人员去上面损毁的楼层。门卫是一个身材敦实的中年男人，身穿一件双排扣的西装外套，头戴一顶黑手党风格的软呢帽，他在通道里支起一张小桌子，上面摆着一只烧水壶、一个盘子和几把银餐具。他单枪匹马地挡住了做梦人的去路。

人力资源经理醒过来，翻身到另一边，又做了另一个梦，但他随即就忘了第二个梦的内容。

他早早来到公司。径直去了老板灯光柔和的办公室，他以对待公事的认真口吻说：

“这是最新的进展。我本想昨晚就告诉您的，但您的管家不让我那么做。正如我所料，那个女人的丈夫——就是前夫——想要我们把她的遗体运回去，好让她的儿子参加葬礼。他是不会让男孩来耶路撒冷的；他认为这个国家是人间地狱。她的遗体昨晚被转去中央病理学院了，那边会对遗体加以处理，以满足长途运输的需要。我不知道他们具体会做哪些处理，但如果你感兴趣的话，我可以去查明白。一旦遗体运到了，我们在那边的领事馆会负责照看。他们是处理此类事务的专家。我们只需要决定我们对这一切的立场，以及我们是要退出还是继续——假如我们继续参与的话，我们该怎么做。国家保险和移民局都想在今天早上得到我们的回答。”

老头点点头。他似乎已经做出了决定。然而人力资源经理还在继续说下去。现在他的语气有点激动了。

“等一下。先不要说任何话。我读了您给周报的回复。那个回复既不公平也不准确，这让我很生气。但接着我想：让它见鬼去吧，谁会在乎呢？随便回复好了。我平常都是看也不看就把周报扔进垃圾桶的，所以它上面写什么对我又有什么影响呢？假如把责任推到我的身上——也就是怪人力资源部——能让您好受些，我会咬牙忍受的。我听说您昨天做了一项重大的医学检查。即使我希望——事实上，我也肯定——结果将是阴性的，就是说对您而言结果是好的，我也决定不要让您为另一桩纠纷恼怒。”

老头闭着眼睛倾听他最喜欢的年轻经理讲完后，微微一笑。

“首先要谢谢你。虽然我不像你那么肯定，但借你吉言，我也希望结果是好的——也就是医学上所说的阴性。但相信我，就算我躺在床上快要死了，任何跟你的谈话或争论都不会让我恼怒。撇开你作为行政管理人员的这一方面，我觉得你是一个负责的年轻人，是一个我能以男人对男人的方式交谈的人。”

人力资源经理在椅子上动了动身体。

“那么现在，”老板继续说道，“你就通知国家保险和移民局，说我们公司会派一名代表为我们在爆炸中丧生的员工送葬。此外，我们将拨出一笔捐款，或者随便你想怎么叫它，给她的遗孤，加在他从政府那边拿的钱之上。假如男孩的外婆出席葬礼，她也会得到一笔捐款。我们甚至还会适度地拨一笔钱——给她的前夫——为什么不呢？——以补偿他在人间地狱里度过的日子。相信我，我有钱做这些。太多钱了。我从未想过自己会像现在这么有钱，尤其是所有这些恐怖袭击开始之后，全社会变得更加需要面包和蛋糕了。所以为什么不慷慨一点呢？”

“为一场令人痛苦且毫无意义的迷恋赎罪？”

“令人痛苦？你是这么认为的？”老头似乎很惊讶，“好吧，假如那是令人痛苦的，我们也将为此赎罪。但谁来做这些事情呢？谁会在葬礼上代表我们呢？答案是显然的。理想的候选人正坐在我的对面。毕竟，在你和妻子及女儿分开之前，你是很乐意当一名经常出差的销售的。那你再出一次差怎么样？尤其是这一次你不需要卖掉任何东西。你只需要给予——大方地给予。”

“抱歉。”人力资源经理厉声说，“我没有跟我的女儿分开。这样说很不厚道。”

老板意识到自己刚才那样说有点没必要，面露窘色。当然！他就不该说那句话。他怎么能头脑那么糊涂呢？他站起来，走到人力资源经理身边，握住他的双手，俯身请求他的原谅。搞得好像有人会把他和孩子分开似的！那是他一时嘴快说的一句蠢话，又一个老糊涂的迹象。或许人力资源经理应该休假一两天，不仅是为出差做好准备，而且还能暂时远离像他这样老态龙钟的人。

他打开钱包，拿出很多信用卡中的一张，交给人力资源经理并告诉他一个密码。他可以支付任何他觉得需要支付的费用，而无须逐项记账。在这期间，他，作为老板，会与国家保险以及周报的主编保持联系——为什么不呢？——也好让他们知道人力资源经理的任务。他还会叫行政经理逐一检查死去女子的遗物。任何值钱或有感情价值的东西都会被打包，和棺材一起运回去。剩下的东西，会被存在面包房，等待最后的处理决定。他只需要她房间的钥匙。

人力资源经理从口袋里掏出一个钥匙圈，从上面取下两把钥匙。“那些人事报表怎么办?”他问。

“不用担心。你的秘书会搞定它们的。现在，你暂时不用打理你在人力资源部的所有工作。把精力集中在你的这次出差上面。你不再是一位经理，而是一名使者。一名非常特殊的使者。”

为什么不呢，使者心想。**小度一下假有什么不好呢**？过去的两天里他一分钟都没闲着。即便是一趟短差也需要准备，尤其是他还可能在葬礼后多待一点时间。他离开面包房后停的第一站是附近的一家书店，他买了一本清洁女工祖国的旅游指南，外加一张地图。接下来，他在一家咖啡店点了一大份早餐，边吃边把地图铺在桌上看。找到女人出生地所属的省会城市和她母亲所在的村庄后，他打电话给移民局的代表。

“我不知道我是否该告诉你，”他说，“但既然你一直让我随时了解事情的进展，我也该有所回报。我们公司既是因为考虑到某种象征意义，也是出于实际的理由，将派我护送棺材，好让我能给女人的儿子——以及男孩的外婆，假如她也及时赶到的话——一笔捐款。你说周五夜里有一班飞机。我会乘那个航班。我只是想知道你们那边将由谁来护送棺材？是你还是其他人？我想要协调……”

“谁来护送棺材?”移民局代表听上去很困惑，“没人护送棺材。棺材将由飞机运过去。我们的领事承诺说她会在那边的机场等。”

“领事是一个女的?”

“是的。非常出色的一个女人。她出生在那边，与当地的官方有很好的关系。相信我，这不是我们送到她那边的第一口棺材。”

“等一下。我还是不太明白。从什么时候开始你们能把棺材在无人看护的情况下送上飞机，好像它是一只手提箱似的？万一出事呢？”

“能出什么事情？就算飞机失事，棺材里装的也是早就死了的人。”

“这倒是真的。但我将是唯一护送棺材的人，还是挺奇怪的。”

“你不是一名护送者。你只是在同一班飞机上而已。就算你想要充当护送者，那也得等你到达那边以后。”

“那么证明文件呢？”他的脑子还在不停地转，“一定得有些什么官方确认文件吧？”

“会有的。文件通常会交给男乘务长或飞行员。但假如这能让你感觉好一点的话，我们将很乐意给你一份复印件。”

六

现在他不仅失望，而且担心。这算什么，他问自己，我被指定来负责这名死去的女子，仿佛我是她最好的朋友或近亲似的。

但当他离开咖啡店时，他的情绪有所好转。耶路撒冷的天空放晴了，气温也暖和一点了。他走到银行，用老板的信用卡支取了一大笔外币。从旅行社回他母亲家的路上，他忍不住绕道去了他之前住的公寓楼。它还在那儿，丝毫未受到他的噩梦的影响。中午时分，他打电话给前妻说："先别挂电话，听我说。我知道今天不是女儿归我带的日子，但明天晚上我要护送那个死去清洁女工的棺材出国。我们公司要我作代表参加葬礼，并把捐款交给她的遗孤。此外——"

"直截了当点吧。"他前妻说。

"我可能会出差三天。这意味着下周二我又会错过带女儿的机会。我想换成今天带女儿，就只换这么一次。"

"我们今天有安排了。"

"就让我带一个小时，或者半个小时也行。我想要在走之前跟她好好地说声再见。这次不是度假，也不是什么开心的短途旅游，而是一项代表国家的漫长艰辛的任务。谁知道下次街上发生爆炸会不会连累到你我？"

"要说就说你自己。"

"好吧。可能会连累到我。"

她让步了，同意给他三刻钟的时间带女儿——当然，前提是他女儿愿意，并且也有时间给他。

几个小时后，他爬上楼前的台阶，走进他做梦扔了一颗原子弹的公寓楼，按响门铃，接着用他自己的钥匙开门直接进去了。他的女儿穿着校服正在熟睡，书包扔在地上，一只脚上依然穿着红色的橡胶雨靴。尽管他的时间有限，他还是不愿意叫醒她，他凝视着她纤弱的身形，眼神既温柔又担忧。自从他和妻子离婚后，女儿的身体似乎就拒绝长大了。他在厨房发现一个干净的盘子和一副刀叉，它们依然在等待她女儿起来吃午饭。他从冰箱里拿出一些食物，放在炉子上加热，然后站在一把椅子上去搜头上的一个小储藏空间，在一堆物品中寻找他从部队退伍后放在这里的一双旧军靴。

“你在找什么，阿爸？”

她脸上还是刚睡醒的表情。

“一双好靴子。”

“干什么用？”

他跟她讲了他的任务，以及在等待他的冰雪。

“哇！我真想跟你一起去。”

他从椅子上爬下来，给她一个大大的拥抱。他是多么想带她一起去呀！但他不能带她去——即使能带，她妈也不会允许的。

他又爬上椅子，找到了那双靴子，靴子的状况还不错。然后，在他擦靴子的时候，他女儿就认真地吃午饭。他不时问她一些关于学习的问题，或从她的盘子上吃一小口。她对自己学习上的缺口毫无概念，只知道解出的数学题和行政经理写的英语作文让她得了好分数。

“你为什么不多派那对老夫妻来陪我呢？”她用少有的顽皮口吻问，“他们可以一直帮我做作业。”

“他们没那么老。难道你看不出他们很能干吗？”

“我当然看出来了。这或许是因为他们依然相爱。”

他惊讶地拍拍她那一头卷发的脑袋。“你知道吗？你自己也相当能干。”

她脸上绽出的开心表情让他意识到自己平时极少留心去表扬她。她紧紧地依偎在他身边，问他关于清洁女工的事情。他很坦白——他描述了明天将要发表的周报文章，以及夜班主管奇怪地坠入爱河的事情。她瞪大眼睛，害怕地听他描述那晚在太平间的经历，以及虽然所有看过死去女人照片的人认为她美得很特别，但他拒绝辨认她的遗体的事情，然后她不由自主地微微一笑。

“哇！”她兴奋地重复道。她想要知道更多关于他这次出差的情况，以及女人的儿子会拿到多少钱。

那个，他回答，得等他到那里才能决定。他对那边当地货币的价值一点也不了解。

她叹了一口气。她是多么想要跟他一起去呀！不仅仅因为那边的大雪，还因为她想看女人的儿子长什么样。他会跟他妈妈一样好看吗？想到他曾经就在耶路撒冷……

他们聊呀聊。他谨慎地遣词造句，向她保证他永远都不会放弃她，也永远不会让她失望。随着天色渐亮，窗外新升起来的太阳也逐渐变得灿烂起来。女儿简单诚实的提问和他坦率的回答让他俩的关系变得更紧密了。当他的前妻提早回到家时，他没有发牢骚和怨言。他只是把靴子搭在肩膀上说：“好了，我走了。你给我的时间没有像你说的那样长，但这却让每一分钟都变得越发珍贵。”

他在车里打电话给他的秘书，询问办公室里有什么新情况，以及谁给他打过电话。然而，和通常一样，她趁他不在办公室，便逃回她孩子的身边去了。行政经理也不在。他打去总机，接线员告诉他说她完全不知道她们去哪里了。仿佛全体员工都跟他一样今天休假。最后，他打行政经理的手机找到她，让她知道他有多么重视她的建议，以及他女儿是如何回应的。

她的声音里透出一种新的尊重语气。“我很高兴你打电话来。”她说，“猜猜我们现在在哪里。在她的房间里！”

“尤丽娅·瑞格耶芙的房间？”

“是的。我丈夫正在帮我整理她的衣服和物品。你在哪里？假如你正好在附近，并且有点时间的话，你可以来看看我们整理出来准备交给你的东西，以及准备储藏起来的东西。我们不希望你抱怨我们理了太多东西给你。”

这变成了一种集体癫狂，人力资源经理边想边咧嘴一笑，把车驶向爆炸发生的集市。老头已经失控，并把他手下所有的人都带失控了。就连越发闪亮、向西倾斜照着以色列国会大楼的太阳似乎也在欢庆他的任务。此时，他对死去女子住处的周边已熟门熟路，自信地驶入那个迷宫般的热闹街区。

过去的四十八个小时里，这是他第三次来这里。敞开的窗户上的格子窗帘已经被取下，现在小屋棚里充满了冬日下午的阳光和邻居们做饭的气味。屋内被翻了个底朝天。地上摆着面包房用来装面包的板条箱，里面塞满了将要被储藏起来的物品。桌上摆着一个漂亮的皮质旅行箱，里面装着给人力资源经理的东西。

“我希望你们没有把她的内衣和睡袍也装在里面给我。”他狡黠地笑着说，“我们也不用做得太过。”

行政经理让他检查旅行箱里的东西，仿佛他是机场安检似的。她以一贯的细致描述每件物品：折叠起来放在最底下的是一条白色的长连衣裙，可能是女人的婚礼礼服；接着是五件绣花衬衫，和一双昂贵的皮靴；

格子窗帘也被视作值得送回国的东西，因为它的料子很好，它被用来包裹那本斯拉夫语的书和墙上的速写。箱子的最上面躺着一包文件，文件旁边是死去女子的老花眼镜和一个敲击后声音很悦耳的铜铃铛。

“告诉我，”人力资源经理问，“你们有没有碰巧找到一张她的好一点的照片，可供贴在我们的纪念角里？”

他们没有找到这样的照片。只找到了一本贴着几张老照片的小相册，他决定把相册归入他的手提行李。镶在厚纸上的照片看上去很像老明信片，它们都是一个年轻女子的快照：一些照片是她站在一条门廊里，向外望着远处的田野；另一些照片则是她坐在一个房间里，抱着一个半裸的婴儿。她不像蚀刻在他脑海里的那个电脑影像。

“这些照片看上去很老了。”他说，“她的前夫能告诉我们这些照片上的人是不是她。她可能是照片上的那个婴儿，女人则可能是她的母亲。婴儿的吊眼梢更为明显……”

他有点脸红，略微结巴地补充道：“不过，我……我不认为这有什么重要的。总之，一切都很荒诞。两天后，我们将安葬她，了结此事。”

行政经理的丈夫的表情由同情转为担忧，仿佛人力资源经理身上也有些缺口。他务实地问，他们有没有采取什么手段，以确保他在国外时通讯顺畅。他建议他带一部卫星电话：“如果老头给了你一张没有限额的支票，那你也不用节省。卫星电话的使用费用昂贵，但你可以靠它保持联系。任何人在大冬天里去一个陌生且不可靠的国家，尤其是护送一口棺材的话，都应该跟阴曹地府外的世界保持联络。”

当我们看到上帝创造了一个奇迹，把那个男人——他现在提了一个箱子——又带回来时，我们都大喊：“阿爸，阿爸，快点来！那个男人就在院子里，快去看看他想要什么。”父亲在他的《塔木德》里插了一张书签，然后跑去问什么时候可以去医院看望尤丽娅。但男人很恼火地说：

“你是什么样的邻居，居然不知道她十天前就在集市爆炸中死了？”他之前告诉我们她只是受了伤，他说，因为他不想吓到我们。

我们六姐妹中的每一个人（我们一直信奉人人为我、我为人人！）都看到我们的父亲脸色一下变得苍白，并颤抖起来。我们孤独邻居的死讯对他打击很大，好像她是他最好的朋友一样。天哪，我们想——我们中没人大声说出来——事情比我们想象得更糟。如果我们的父亲如此伤心，那他一定是爱着那个外国女人的。尽管现在我们向上帝祈祷有人会为她报仇雪恨，越快越好，但我们美丽邻居的死对母亲而言则是一件好事，我们的母亲总是那么伤心。

七

周五早晨，他不但比往常醒得早，而且醒来后脑子里满是各种预感。虽然他早就决定要看也不看一眼地把周报扔掉，但怒火和好奇心最终还是占了上风。

文章一个字都没变。就是他之前看过的那篇恶心原文。他的模糊照片下面配的文字像一把尖刀似的直刺他的内心：**他是因为离婚才获得这个职位的**。**你这个该死的卑鄙小人**，他轻轻地说，**你和你们那该死的主编**。

老板的回应出现在一个带黑框的边栏内，就是之前他越过行政经理的肩膀看到的那一百七十四个字。我亲爱的顺从听话的女士，人力资源经理想，不要以为你帮忙写的英语作文和解出的数学题会阻止我让你为此付出代价……

正要把报纸扔掉时，他注意到上面确实登了一点新东西，一条来自主编的评语——他对公司老板承认罪过并承诺作出补偿表示满意。主编希望表扬他那非常成功且很有勇气的老朋友，于是决定向公众披露说他的这个朋友多来年一直以优惠的价格为周报提供新闻用纸。虽然报纸普遍被指责为哗众取宠、追求轰动效应，但还有什么比这能更好地证明它的动机完全是出于纯粹的职业精神呢？他愿意批评一家他依赖的公司，还有什么能比这更好地为他自己的诚信辩护？周报会在下一期跟踪报道面包房的道歉及其慷慨的承诺。

这种对老板的赞美只是越发加重了人力资源经理的愤恨。下一期？不，谢谢你们了。不要指望他。他不会提供任何后续信息。他们可以在没有他参与的情况下，继续发表他们的垃圾。

他把印有文章的那页和报纸的其他部分一起揉成一个大球，扔进一个大垃圾桶里，这个垃圾桶是他搬来他妈的公寓时买的。“不用担心。”他告诉吃惊的母亲，“这不是你平时看的报纸。这是登载我周二给你看的那篇愚蠢文章的周报。我想你是不会要再看一遍那篇文章的。”

一个像他这样经验丰富的旅行者是不需要为这次出差大加准备的，所以他有时间去一趟办公室。由于办公楼的行政侧楼周五通常都很冷清，所以他在那儿也没找到人听他讲述他的任务。老板的办公室里除了一个记录语音留言的年轻打字员，也空无一人。

回到停车场前，他决定去瞧瞧面包房有什么新情况。或许夜班主管已经被调去日班了，好让他头脑不再发热。他不等别人开口，便主动要了白色罩衫和帽子穿戴起来。然而除了一个烤箱，所有的烤箱都冷冷地空着，大部分的生产线也毫无动静。清洁工队伍倒是倾巢出动地在忙。周五这天，除了常规的清扫，他们还需要擦洗机器，为周六晚上全面复工做好准备。如果那个幼稚的老男人没有坠入爱河，人力资源经理心想，现在这里就会多个清洁工，一个年富力强、有着一双绝色鞑靼人眼睛、认真工作的孤独女人。此时正在干活的人里面，没有一个能在外表上像她一样美。

走之前，他从一个板条箱里拿了两大块热的哈拉，他还记得夜班主管给过他这种面包，它们的味道很特别。他会把这两块面包的价值也算在老板的头上。

他回到家里，吃完午饭，换上运动衫裤，关掉他房间里的灯，然后躺下小睡，尽管今晚他会放弃转战各个酒吧的周末活动。他要赶凌晨四点的飞机去一个寒冷的异国，虽然他有在飞机上打瞌睡的本事，但多睡几小时总是没有坏处的。

的确，他睡得很香，没做任何让人不安的梦。他妈也在隔壁房间熟睡，这让他睡得更加踏实。起床后，他开始整理他的旧行李箱，那是一个可以手提的小箱子，犹如他自己身体的延伸部分，此外它还有一个可装更多东西的暗格。他考虑把他的外套打包进装女人物品的旅行箱里；但最后还是决定不要模糊生者与死者间的界线（此外，假如他忘记拿出自己的外套而把它留在箱子里，那它就会变成她的遗产了）。接着他和他妈一起喝了一杯英式红茶，但他没有像通常一样吃蛋糕，而是吃了一片从面包房拿来的面包；然后他去市中心的咖啡馆和两个已婚朋友进行每周一次的会面。每周碰面是他们重温单身生活的方式，当单身汉时他们都无需操心安息日的家庭职责。

冬天又回来了。阴沉的天空撒下一层细密的小雨。他回到他母亲的公寓里，穿上他的旧军靴，心想：*我将把这次出差视作再服一次预备役*。接着他出门去见公司的老板。晚上八点，老板家里宾客满堂：头发灰白的儿子和女儿们，胖胖的孙辈们，还有高瘦的重孙辈们。大家一定是在他到达前便听说了他将承担的任务，因为当他被介绍给这一群老板后代的代表时，他们对他都很热情。然后，他和老板二人把自己关在一间摆着写字台和沙发的小书房里，一份份的周报就这么赤裸裸地散放在写字台和沙发上。在老板看来，主编对新闻用纸供应商的溢美之词已经抵消了所有针对他们不人道行为的指控。

老板同意了人力资源经理的要求，给他一个装在漂亮皮套子里的卫星电话——也许它靠星光工作？——它还附带了一个充电器和一串有用的电话号码，其中包括中央病理学院的号码，以防他万一需要询问什么难题。“不用担心，尽管随意使用。”老头嘱咐他说，虽然每个电话每分钟都会让他支出五美元，这还不包括增值税，“不用替我省钱。我想要参与每一个决定。我的银行经理通知我说你已经提取了一大笔钱。我觉得这很好。这是一个正确的做法。始终记得告诉你自己：公司老板很有钱，他的家族不会在他死后挨饿。”

他小心翼翼地把一只手放在年轻男人的外套上，仿佛是在检查外套是否足以抵御严寒。对外套质量感到满意后，他又关心起帽子来。他的使者想要一个旧皮毛帽子吗？它看上去有点累赘，但在暴风雪里可能就很好使。

人力资源经理谢绝了这个提议。“那么至少，”老板说，“把你的车停在我的车库里。我会叫我的司机开车送你去机场，并帮你搬那些额外的包裹。”

“什么额外的包裹？她所有的东西都装在旅行箱里了。”

“那些只是她的东西，而不是我们的东西。我们将给她的家人一份象征性的礼物：一纸板箱的文具、笔记本、活页夹，外加一箱蛋糕、餐包以及我们最好的面包心和油煎面包块。好让她的朋友和家人，尤其是她的儿子，了解她过去在哪里工作和生产些什么东西。”

“但她又不参与生产任何东西。她是一名清洁女工。”

“难道我们的清洁工队伍不是生产线的一部分？”老头斥责道，“你是我最没想到会这么说的人。”

“瞧，这个有点傻了。我不会提着蛋糕和面包去几千英里之外。”

“你不必手提任何东西。你只要负责把它们送上飞机就行了。领事会在那边接你，并负责处理一切。我已经跟她说过了，她很乐意帮忙。”

人力资源经理两手一摊。一切都毫无疑问了。赎罪正转变为疯狂愚蠢的行为。

“即便如此，也是一种好心的疯狂愚蠢。”老板说。他微笑着把人力资源经理带回热闹的客厅，并示意司机是时候送他去机场了。司机似乎在老板家显得很自在，这让人力资源经理怀疑他是否老板的远亲或私生的孙子。他还吃惊地想到，或许老头也打算收养他。

八

在柜台上办理登机手续时，除登机牌外，他还拿到了一个来自移民局的信封。附在信封上的便条写着“人事经理收”，还说：“按您的要求，让您掌握一切信息。”

他有点被感动，走去出发大厅远处的一个角落坐下。我将发现一些那个女人自己也一无所知的事情，他一边想，一边打开信封，带着片刻的疑虑从里面取出一份中央病理学院医学报告的复印件。报告是用斯拉夫字母写的，一行行密密麻麻的文字表明这不只是一份死亡证明。它很可能还包括了对她的尸体所做的防腐处理的描述。

一道闪光灯发出的白光打断了他。他身后一个背对他的旅客刚给登机口的门拍了一张照片。

这架包机是由一家外国航空公司运营的。航班坐满了一半，只提供一种舱位的服务。他坐在飞机的前面，审视着鱼贯走过他身旁的乘客，以期发现一个看上去既能看懂医学报告，又能保守秘密的人。从拿的包袋和行李判断，登机人群中的大部分不是回家度假的外来工人，就是重访祖国的新移民。即使他找到了一个能看懂报告的人，此人还能用比较顺畅可懂的希伯来语解释给他听的几率又有多少？于是他改变想法，在位子上坐好，恰好那个拿着相机的乘客——此刻相机挂在他的脖子上——从他身边经过，那人依稀有点眼熟的同伴朝他微微一笑。

那么这又有什么要紧呢？报告里有什么他需要知道的内容呢？唯一重要的细节是尸体在落葬前能坚持多久，无论如何这也是领事的问题，无需他来操心。起飞后，他把文件折好，塞进口袋，松开安全带，吃了几口寡淡无味的飞机餐，接着便熄灭了阅读灯。然而，他却无法放松。假如领事没有去机场接他——那他该怎么办？虽然医学报告赋予了他一些职权，但他不确定行使这些职权将是个明智的做法。

他想到了躺在行李舱里的尸体，它或许就在他的正下方。他再度轻轻地念叨她的名字，就像他那晚在她的小屋里时一样。*尤丽娅·瑞格耶芙*，他严肃地低语，但并非毫无同情，*尤丽娅·瑞格耶芙，还有什么是我必须为你做的呢？*

他站起来，走向洗手间，沿着过道走的时候，他扫了一眼其他乘客。大多数人都盖着毯子睡着了，就连那些戴着耳机的乘客也都似乎是在梦里听音乐。当他在黑暗里摸索着走向洗手间时，一个男人从位子上站起来，用一只胳膊抱住他，拦住了他的去路。

"你把我称作卑鄙小人？"说话者正是那个拿相机乘客的同伴，"好吧，那么，我就在这里，彻头彻尾的畜牲，我很高兴认识你。这是我的摄影师。最终我们在空中见面了——在一种全新的精神面貌下。我们此行是为我们的报纸报道你的赎罪任务。不要担心，这一次，我们是站在你们这边的。我们绝不会咬人。"

一个正在睡觉的乘客睁开眼睛，抱怨了一声。人力资源经理目光低垂，一言不发。他并不感到吃惊。事实上，他早就有所怀疑。他摆脱记者的拥抱，语气强硬地说：

"诚实的记者，嗯？我们倒是要看看你是否有这种能力。但我要警告你——你和你的摄影师最好离我远一点。"

不等记者回答，他发现自己便稍稍后退了一点。人力资源经理继续朝洗手间走去，他走进洗手间锁上门，狠狠地盯着镜子。假如飞行期间可以打电话，他会打电话去耶路撒冷抗议这两个"偷渡者"的出现。然而，他不可否认的是他们的出现也让他感到高兴。老头一定是提出为他们支付旅费了。他会不惜一切代价以确保他被修复的人道形象被记录在案，哪怕记录者只是一份在耶路撒冷几乎没人看、更没人会去想的周报。

人力资源经理把他的洗漱用品放在台盆边，他在脸上涂满肥皂泡，然后开始用剃刀刮胡子。黎明前夕刮胡子，好让自己以精神的造型出现在部下面前，这是他在军队时养成的习惯。

噢喔！又来了一口棺材。快点，快去叫一个长官来决定该怎么处理它，以免又太晚了！我们是应该把它先送回飞机上，直到有人来接收呢，还是应该把它送去航站楼，以示尊重？有人能告诉我们圣地那边正在发生什么吗？他们不断送到我们这儿的这些死人都是谁？这是某种赚钱的生意吗？

此时乘客们陆续下了飞机。被严寒惊到的他们纷纷跑向小巴士。那具棺材是由死者的家人或朋友护送过来的，还是由政府官员护送过来的？棺材是跟人一起来的话，我们就不用重复上次的窘境了，上次一口棺材在无人护送的情况下被单独送来，然后整整两个月都没人来认领。最后，我们不得不自己埋葬了它，就埋在飞机跑道旁边的地里。

当然，尽管我们中没人会承认，但偶尔发生的事故也让我们的日子不那么无聊。像我们这样的小镇，生活可以变得很沉闷压抑；我们的小机场从来没见过电影里那种满世界飞的俊男靓女。我们这儿地处偏远。每天只有五班飞机，每一班都是降落后随即又起飞离开。乘客们也消失得很快。我们机场没有商店，没有任何生意。就连那个小咖啡店，也是航班来时营业，航班一走就立刻关门。服务员唯一的运动是在长官的床上。而且那些对新来者及其行李的无意义的检查，又有什么人能一直坚持做下去呢？一口棺材，你不得不承认，是更有趣的东西，而且总是伴随着一些行动。当然，前提是它可以被处理。

但长官来了，他从床上跳起来，胸口别着一块新的勋章，那是他上个星期从集市买来的。他告诉执勤的警察靠边站，好让他亲自检查护照，鉴别一切可疑的行迹。经验老到的人才能一眼抓住试图溜走的罪犯。

九

好吧，又有问题了，使者想，他被领出队伍，被要求——当然，提要求的人态度还是非常有礼貌的——去行李终端报到。领事很快就会来替我解除这项我自己永远无须承担的责任。假如她迟到的话，我也可以打卫星电话。此外，我也不是一个人。记者和他的摄影师离开我也一个故事都写不出来。

他从来都不是一个懦夫，不论是在军队里还是作为销售人员出差时，所以他是带着这份信心下楼的——这是一个由军事基地改建而成的机场，行李终端位于地下室——到了地下室后，他沿着狭窄的通道，面带笑容地跟随长官走进一个阴森的小隔间，看上去这可能是用来中转、质询甚至是拘留人员的地方。他放下手提行李，不请自便地在一把椅子上坐下来，仿佛他刚从圣地走路来到这里——心灵感应是他们之间唯一的共通语言——正急急忙忙地挥舞他的三张行李牌，以这种方式要求提取他的其他行李。只有当他看到黑色的旅行箱和两个纸箱，并点头表示它们正是他在等的行李后，他才同意出示他携带的文件。无论文件的内容是什么，他都假定这足以让他开始一场会由领事来收尾的协商。

长官一边全神贯注地看文件，一边心不在焉地摆弄着他的新勋章。他的新情人系在他帽子上的红缎带，在他的眼前晃来晃去。几乎无法判断他到底是觉得文件很有趣呢，还是觉得内容太难理解。弥漫在小隔间里深深的沉默开始让它越来越像一个拘禁场所，但就在这当口，沉默却被一阵脚步声和某件重物被拖曳的声响打破了。大声的警告和压抑的笑声混杂在一起。房门突然被打开，四个警察在一个老搬运工的指挥下，抬着棺材慢慢地走进来。人力资源经理闭上眼睛，深深地吸了一口气。

保持镇定，他告诉自己。想想这种经历将来会变成一个有趣的故事。现在是耶路撒冷凌晨四点。酒吧快要关门了。假如那个我想要见面的女人去酒吧找我，现在她肯定是已经找了别人。但这也没关系。我正在完成一项简短的任务，我只需要耐心等领事来。她会来的，这点毫无疑问。这位长官已经差不多快看完文件了，我已经两次跟他提了领事的名字。就算他不知道她的名字，她的头衔也足以说明问题。“领事”是一个历史悠久的国际用词。罗马时代就有领事了。

长官站起来，把文件折好。他对于该如何对待这份文件略有迟疑，然后他微微鞠了个躬，把文件还给人力资源经理，用他自己的语言说了几句话，并示意他很快回来，就出人意料地锁上他身后的门离开了。

人力资源经理站起来，拿出藏到现在的卫星电话，之前他一直怕电话被别有企图的人看到。他试着不看那个似乎正越变越大的棺材，拨打了领事的电话。另一头的电话铃声果然有种星际通讯的清晰感。接电话的是领事的丈夫，显然他还充当着领事助手的角色。他沉着的男中音给人值得信赖的感觉：这是一个经验老到的人的声音。“啊，是你！终于！我们一直在等你出现。幸好那两名记者告诉我们你在飞机上。否则，我们还会以为你误了飞机，棺材将在没有你护送的情况下被运到这里。当然，别担心。我们就在机场。一切都在掌控之中。我的妻子问了他们为什么把你和其他乘客分开。理由其实很简单。这不涉及任何神秘或私人的因素。几个月前出过一个问题，一口来自以色列的棺材无人认领。最后，他们不得不自己埋葬了它。这就是为什么，当你错误地宣称自己是这口棺材的护送者时，他们便决心要把你留在他们那边。”

“我什么都没说过。他们当时就已知道——别人问我他们是怎么知道的。但这无关紧要。把我们从这儿弄出去就行了。”

“我们?”

“我自己和棺材。”

“当然了。一会儿的事情。我们正在等她的家人签署一份包含葬礼的时间和地点的承诺书。没有承诺书，棺材无法通关。”

“但她的丈夫……我是指她的前夫……”心急慌忙的使者开始结巴了，“难道他没跟你们在一起?”

“当然。他就在这儿。现在他正准备去墓地，尽到作为孩子他爸应尽的义务。但问题不在他这方面。问题是他的儿子拒绝配合。男孩一定坚持要我们等他的外婆来。他不愿在外婆没到场的情况下埋葬他的母亲。”

“但她又在哪里?你们为什么没有带她一起来?”

“这是整个问题的关键。她住在很远的地方，而且并不知道她的女儿死了。几天前她出发去一个修道院朝圣去了，我们在她回来前没办法通知到她。”

“但这要花时间的。你们怎么知道她能不能来这里?更别说她什么时候能到了。是谁说那个男孩有决定权的?”

“他是死者最亲的亲属。他被授权签收棺材，并决定安葬事宜。”

“他这个年纪怎么能被授权处理这类事情呢?”

“他完全可以。除了他的外婆，他是死者唯一的血亲。”

“那他多大年纪?”

“十三或十四岁，不过他看上去更大一点。他不再是一个小孩了。并且不走运的是，他还是很难搞的那种。他有不守规矩的一面。很难知道他心里面在想什么，是什么事让他如此固执。他或许会试图敲诈我们的政府，以获得更多的福利。但无论如何，他不在，我们什么都干不了。”

“那么我怎么办?”

“你在哪里?”

“我不知道。行李站那边。和棺材一起被关在一个房间里。”

“和棺材一起?那些蠢警察做得太过分了。实在是太对不起了……你为什么不早点告诉我?领事会立刻让他们释放你,或至少把你转去别的地方。”

“没关系。只是麻烦快点处理这事。”

“当然。这些混蛋把你当成人质以自保。但不要担心,我们会把你弄出来的。如果他们需要一个人质,我会来替你的。”

“我没有担心。我很好,也不急。别把我忘了就行。”

“我们当然不会忘了你。这通电话的信号真棒。你的声音听上去清晰得犹如是从我的脑袋里传出来的。”

“那是因为我用的是不受当地系统影响的卫星电话。它直接和空中的卫星相连。”

“哦,那么你根本不用担心。把你的电话号码给我就行。”

通话结束,人力资源经理走到棺材前。此时他已经花了整整三天在这个女人身上,当初意气用事地承诺把这位无名女子的死当成他自己的事情来处理后,他一直尽心尽责地为她的利益奔忙。到目前为止,他信守了自己的承诺。现在,在这个被锁住的房间里,他俩终于相遇了。虽然这跟他在太平间时被建议的面对面“相遇”并不一样,但似乎也足够亲密了。“很高兴见到你,”他微笑着说,“我是面包房人事部,也就是大家更为熟知的人力资源部的经理——而你,尤丽娅·瑞格耶芙,作为一名在那儿工作过的清洁女工,有权享有国家保险为恐怖袭击受害者所提供的一切福利。”

他把一只手有力地按在棺材上,想看看它是什么材料做的,以及连接处是否牢固。实验室技术员称她为沉睡天使。那只是为了刺激他去辨认她，还是那位尸体专家真的在她身上发现了一种让灵魂激荡的罕见之美？现在，她的护送者被囚禁了，离她的棺材只有几尺之遥，棺材本身也处在最奇怪的不定状态中，被困在不同的世界之间，被扣押在这个行李终端，此地已不属于他的国家，却也还没进入她的国家。假如他能打开棺材，他会很高兴在道别前最后看她一眼。或许凑近看一下能让他搞清楚那双鞑靼人的眼眸是真的，还是他想象出来的。她尸体的状态不会让他却步。他还年轻，能承受住。就算她的美丽已经消失了，他也有重建它的勇气和想象力。

但要是被推到墙边的棺材是从靠墙的那头被锁住的呢？而且房间唯一的一扇窗户在墙上很高的地方，看上去也是不能被打开的样子。假如棺材开了散出怪味怎么办？他决定最好还是只用言语告别，沉思在悼词中向她发问。你想要从我们这儿得到什么，尤丽娅？你希望在这个凄惨无情、让你丧命的城市里找到什么？你本可以回家跟唯一的儿子在一起，是什么让你留在了那里？

假如棺材的盖子掀起来，里面的女人坐起来回答他，他也不会感到狼狈。毕竟，他手里有她可能需要的一切。她的好衣服都在带给她的旅行箱里；如果她饿的话，他也有蛋糕和面包，甚至还有笔记本、钢笔和铅笔，她可以用这些记下她对死亡过程的印象，趁着记忆尚新……

卫星电话响起来，打断了他的思路。又是还在担心他的领事丈夫。“你要是觉得焦虑的话，就尽量放松些。我们没有忘记你。如果我们没法让那个小讨厌鬼签字，我们也会找人去把你从棺材旁解救出来。”

“我没有焦虑，你也不要焦虑。”人力资源经理回答，“我从来没把这个任务想得简单。你尽管慢慢来。我现在很好。”

他寻找电灯的开关。找不到后，他在手提箱上放了两只纸板箱，把脚跷在上面，戴上飞机上发的黑色眼罩，靠在椅子上休息。

十

眼罩起到了作用，这还算幸运，因为领事丈夫花了好一会儿才让人把他放出来。多疑的长官因为担心被又一口棺材拖累，所以勉强才同意让一个当地人来替换他的外国人质。

当人力资源经理感觉到有人友好地将一只手搭在他的肩上时，他正在打瞌睡。那是领事丈夫的手，他是一个身形结实的男人，大约七十岁，一头灰色的卷发，他遵守承诺来救他了。他以前是农场主，外表健壮，态度爽快，好像是直接从田里赶过来似的。他脱下靴子，甩掉上面的雪和泥巴，脱掉几层衣服，随手把它们铺在棺材上，从口袋里拿出一副老花眼镜，啪的一声甩出一份随特拉维夫来的航班一起抵达的希伯来语报纸周末版，并宣布他准备好替换人力资源经理当人质了。长官这才相信替换人质是真的，于是他准许使者在雾气朦胧的早晨离开黑暗的行李站。

回到地面一层，他发现自己第二次被困住了，因为小机场在航班间隙期是关闭的。必须先找人送钥匙后，他才能走出机场和在外面的一个雨篷下等他的小团队汇合。他小心地在黑色污泥构成的浅滩间往前走的时候，一个闪光灯突然跳了出来。他抬头一看，是正咧嘴对他笑的摄影师。他哀怨地想，自己这趟旅程是不会有隐私了。

高挑的领事身穿一件黑色的皮草大衣，戴着一顶红色的羊毛帽子，脚上套着一双雨鞋，这身装扮让他想起了童话里的教母——或是一个像她丈夫那样的老农民，被人从某个贫寒的阁楼或谷仓中运来并神奇地委以一项国家公职。雨篷伫立在一片一栋楼或一棵树都没有——或者说是除了一架老旧的单翼军用飞机什么都没有——的开阔冻土上。领事在雨篷下热情地拥抱他，为他所受到的待遇表示抱歉，但声明说官方的担忧不是没有理由的，然后向他介绍了死者的前夫，瑞格耶芙先生，一个身形瘦削、面容枯槁、两眼无神的高个工程师。他逢迎的鞠躬显示，领事或她的丈夫，甚至可能是那个卑鄙小人，已经跟他说了那笔面包房出的、来自他所远离的恐怖之地的补偿金。尽管自那以后，他已经再婚，但他似乎无意忘却那个当初抛弃他、如今则躺在一个金属盒子里回来的女人所分配给他的悲痛和侮辱。由于她已经听不到他的抱怨，他不得不向她的护送者诉说它们。

“叫他快点说。”人力资源经理对充当翻译的领事耳语道。越来越亮的黎明朝低沉的铅灰色天空射出无数道闪烁的匕首。他到现在才开始体会到这个国家极寒天气的威力。此外，领事发现自己很难言简意赅，因为她感到必须为她所代表的国家辩护，反驳死者前夫尖刻的指责，他怪那个国家给一个女人提供的只是贫穷、孤独和死亡，怪国家不负责任地给她延长了签证。这个瘦削的工程师抱怨说，他前妻的奇怪朋友失望地逃回来后，就不该允许她留在那个跟她毫无关系、长期战火纷飞的国家，不该让她在那儿自生自灭。而且最荒唐的部分是（领事尽量快地翻译着），现在大家居然指望他来负责这个脚踏两条船的女人的遗体！当然，他明白领事所代表的政府会支付所有费用。但这是政府造成一个外国劳工不必要的死亡后所能做的最基本的事情，就是因为政府的疏忽，她才没有被驱逐……谁来为他的时间和精神痛苦买单呢？他是一个工作繁忙的工程师，身体也不是最好；坦白说，想到前妻，他感到的不是悲伤或同情，而是愤怒和屈辱。当然，作为一个成熟的男人，他可以应付得来。但他的儿子呢？母亲去世对男孩打击很大，她把他送回祖国，现在他也拒绝在外婆缺席的情况下埋葬她，这让他作为孩子的爸爸不得不替前妻争取利益——仿佛他自己的事情还不够多似的！而且这个女人无论是在世时还是去世后都是让他失望的……

一一列举出他的委屈不满后，这个身形瘦削的男人似乎满意了。他点燃一支香烟，深吸几口，吐出几个完美的烟圈，苍白的脸上闪出一丝笑意。然而，片刻之后，香烟从他的嘴里飞出来，闪烁地掉在冰上。他闭上眼睛，脸色转红，加倍痛苦起来，猛地一阵咳嗽折磨得他跑到雨篷外面，扯开夹克、背心和衬衫，露出胸口大喘气。

“不要让他欺骗你。”咳嗽继续时，传来一句低语，说话的是卑鄙小人——他激动得忘了人力资源经理叫他离远点的警告，“这只是为了让你付钱。”

“但男孩在哪里呢？”使者好奇地问。他是这儿唯一一个没有戴帽子的人，剃着板寸的脑袋光秃秃的，冷得头疼。

记者拉住他的胳膊，让他转过来，领着他朝雨篷远端的一个停车场走去。他现在发现小机场是在一个城市附近：一道由楼房、尖塔和圆屋顶构成的天空轮廓线在雾气中闪着微光。受到这些文明，甚至可能是文化迹象的鼓舞，他跟随记者来到一辆面包车前，车内司机正坐在方向盘后打瞌睡。透过脏兮兮的车窗，他看到后排座位上坐着一个穿工装裤的年轻乘客，他的头往后仰着，但不是在睡觉，而是一种执拗的反抗。

终于，人力资源经理想，这是她自己的骨肉！

记者嘎吱嘎吱地踏冰而来，他脚上穿的厚重的棉靴子是特地为抵御严寒而购买的服饰装备之一。他走到面包车旁边，轻轻地敲敲车窗，让男孩知道有人想见他。

但男孩似乎没有心情见任何人，甚至都不愿下车——当坐在方向盘后的男人指责他的冷漠时，他也只是别过头去，把头上戴的旧飞行员帽子护住耳朵的部分往下拉拉。这时，司机下车，打开后车门，把年轻的乘客从车里拉了下来，并看不惯地抬手掀掉了他的帽子。男孩没有说话，愤怒至极，眼睛里充满了泪水，他冲向拉他下车的司机，猛拽他的头发。

使者非常同情男孩。这就是他面试她时，她提过的儿子。在一片吵闹声中，男孩迷人地斜了斜他那双浅色的鞑靼人眼眸，它们是一种罕见混血的和谐产物。我的秘书说得没错，他责备自己。我就像蜗牛一样生活在自己的世界里，任由美丽和优秀像影子般地逝去。

“怎么回事?”卑鄙小人觉察到他的不安，问道，“你说了什么?”

“没，我什么都没说。”他试图回避这类探究的天线，它们非但没有远离他，反而是更加紧贴他了。

男孩的父亲停止咳嗽，赶紧跑过去拉架。然而，不愿承认失败的男孩此刻开始绝望地攻击他的父亲。高个子的领事，对她自己的能力很有信心，便跑过去帮忙。不过，男孩的父亲并不需要帮忙。他把儿子拖到停车场的边缘，单手就制服了他。摄影师似乎觉得任何事情只有拍了照片才算是真的，所以他们在那边较劲时，他手里相机的闪光灯一直闪个不停。

“他们合不来。”领事跟使者解释，“我们去通知男孩关于他母亲的事情时，他不在家。他的父亲和继母都不知道他在哪里或他什么时候会回来。自从他几个月前从耶路撒冷回来后，他就一直郁郁寡欢。他在街上游荡，逃学，似乎还结识了一些罪犯。他的父亲不愿告诉他这个坏消息。除了担心他会做出歇斯底里的反应，他还觉得儿子是不会相信的。他想要我们来通知他，于是我们不得不等到男孩半夜回来。起初，就像他父亲预料的一样，他处在否认的状态中。当时他刚收到了他妈妈的一封信；她怎么可能就死了呢？他甚至从口袋里掏出信给我们看。那封信是她在爆炸发生前的一两天写的，里面说她原本计划冬天回来看他，但现在要推迟到春天，因为她必须去寻找一份新工作。我们试图跟他解释。我们给他看信封上的邮戳，并对他发誓说她没有死得很痛苦。但我们说得越多，他越是拒绝开口；我们可以看出他是要我们走开。只有当我的丈夫告诉他说棺材两天后就会抵达时，他才改变了态度。他开始大哭，对我们尖叫，咒骂他自己的母亲，并威胁说他不会签署任何东西。我们可以把她埋在她被炸死的那个市场里！我们可以烧了她的尸体，把骨灰撒在以色列！他不会为我们解决我们的问题。而且如果必须把她埋在这里的话，他的外婆可以签署文件。是她把他的母亲送去耶路撒冷的——那么就让她来为她的骨血负责吧。”

“是**她**把她送去耶路撒冷的？这又怎么讲？”人力资源经理问。

“谁知道呢？你根本搞不懂他在想什么。就连他的爸爸也没办法跟我们解释。我们就在他这里僵住了……”

“等一下。”人力资源经理的眼睛依然盯着还在扭打、不过也快打完的父子身上，“你说他几岁了？”

“最多十四岁。但他算这个年龄里成熟的，无论是头脑还是身体。你自己看到他就明白了。在耶路撒冷极其孤单的经历让他变得坚强。我听说他妈妈在那里一直是做夜班的。”

“那不是我们造成的。是她自己要求的，因为夜班工资高。”

“这些都无所谓。我明白的。但他很多个晚上都在街上游荡，并加入了小混混的行列。”

“像他这样外表俊朗的男孩是很引人注目的。”记者评论道，仿佛觉得他自己也是谈话的平等参与者，“就瞧瞧我的摄影师吧，他没办法忍住不拍他。我告诉你吧，他的照片将是我文章的主要配图。”

“好极了！”领事激动地说，没有意识到记者所说的报纸只不过是一份耶路撒冷当地的周报而已。

人力资源经理转身，大步朝此时已经被父亲紧紧拽住的男孩走去。

在冰冷的强光下，他线条清晰的清纯脸盘和极其明亮的湿润眼眸显得越发突出了。他眼角上方的弧度，犹如眉毛的延伸，让使者的心猛跳了一下。

“我还是不能理解。”他对跟在旁边的领事说，“为什么你们不能找到他的外婆并把她带到这里？”

“你在说什么？”领事大感吃惊，“这是一个落后的大国，通讯很不发达。我们所能做的只有让一个住在邻村的人传话给她。她为新年出门朝拜去了，几天内都不会回来。”

“好吧。”人力资源经理语气轻快地说，“那么我们就等她回来，再让她坐飞机过来。”

“你怎么能做到呢？”领事越发吃惊了，“你对自己在哪里有概念吗？她附近没有任何机场。”

“那么可以派一架直升飞机去吗？”

“直升飞机？”领事哼的一声问，“我看出来了，你是生活在梦幻王国里。什么直升飞机？就想想距离吧。而且谁来付钱？”

“我们会支付我们的份额。”使者谨慎地说，他迫切地想见到死去女人的母亲，“几个月前，我看过报道，一架直升机被派去一个位于大海中的石油钻塔，送一名阵亡士兵的父亲去参加他的葬礼。”

领事有点恼怒了。“根本不能这么比较！她不是阵亡的士兵。她是一个合法身份都存疑的临时居民。我最后一次警告你：不要指望你现在身处的世界跟你来的那个世界是一样的。这里的情况不同。条件很差，冬天更是差到底了。你觉得应该可能的事情都是不可能办到的。别想了！”

“你是什么意思，别想了？”人力资源经理也失去了耐心，“我们谈的是一个失去母亲的男孩的合理要求。作为临时居民，她还是死在了耶路撒冷。不管你喜欢不喜欢，我们都要负责。让她的家人参加她的葬礼是我们的职责。别无选择。我为什么要为同情男孩而道歉呢?”

“我们都同情他。但同情并不能把老太带来这里，尤其是在隆冬时节。想也不用想!”

“但为什么不能想呢?”领事生硬的回答让他有点激动，“麻烦你原谅我，但我老大远赶来不是为了由于我们政府的无能而停止想办法。相反，我来这里是为了帮忙，确保有效地解决问题。我是一名人力资源经理，我知道母亲去世对一个男孩意味着什么，即使他假装不在乎。我们为什么不能把他的外婆接来跟他一起悼念呢?就算不能坐飞机，也可以走陆路……”

“这个你也不用想了。从她的村子过来要花几天的时间，而且你还不能指望交通顺畅。即使她想，她也绝不可能一个人完成这个行程。我不理解你为什么那么固执地不肯埋葬一口你自己带过来的棺材。”

使者尖锐地反驳了她。“首先，不是我带它来的。棺材是你我的政府送来的。我出于好意陪同它一起过来。其次，葬礼是可以推迟的。那不是问题。我有一份中央病理学院出具的文件。虽然我看不懂，但我相当肯定遗体的状态很好。”

“我发誓，我不懂你是什么意思。”

“我是什么意思?”这也是他一直在问他自己的问题。然而让他畏缩的严寒却不能冷却他内心的热情。“事情并不复杂。这位记者把一切描述成一桩惨无人道的不堪案件，但其实这只是一个文书错误，我来这里就是为了对这个年轻人作出补偿”——他指指男孩，男孩也知道大家正在说他——“即便如此，也没有理由忽略整件事给他造成的精神痛苦。要外婆陪他一起出席葬礼是他的真切渴望，在我看来也是很合理的要求。我们为什么不答应呢?”

“的确，为什么不呢?但很不幸，这个外婆只是一个理论存在。她非但尚未得知这个消息，就算她知道了，她也离得太远，什么都做不了。”

人力资源经理感觉所有人的目光都落在自己身上——包括英俊的男孩和死者多疑的前夫。司机也在盯着他看。即使他们三人不能听懂希伯来语的对话，他们也能感觉到来自远方的使者正在为一个新主意跟领事争辩。他们都沉默不语，只有白汽随呼吸从他们的嘴里冒出来，摄影师和记者同情地望着他，好奇地想看看他究竟能用他们的故事对抗领事基于实际考虑的反对多久。

“首先，”他用冰冷强硬的口吻对领事说，“那么就由你来告诉我，我们正在讨论的是什么问题吧。这儿离那个村子有多远？”

“你觉得我知道？我的丈夫可以告诉你精确的距离。我估计我们这儿和男孩外婆所住的村子之间至少隔着五百公里很难走的路。”

“五百公里？那不算太糟……”

“很可能还要远。不要把我估计的数字太当真。也许是六百公里。”

“六百公里也不是远得太过分。过去要花多少时间呢？两天最多了。”

“你绝不可能两天就到那里。我们根本不用考虑。你又在异想天开了。这里的路况极差。”

“那么就算三天好了。甚至四天。我要带这个男孩去他外婆那里。”

“那么你带他去找外婆时，我们要拿它怎么办？”

“拿什么怎么办？”

“棺材。”

“我们带棺材一起走。别无选择。我们将把女人带回她出生的村子。男孩和他的外婆会把她葬在那里。难道那不是自然正确的做法吗？”

“这是个高尚的主意！”卑鄙小人喊道，他一直很有兴趣地在旁边听领事和人力资源经理的争论，“绝对正确的做法。”

“你要跟我们一起去吗？”

“当然。”卑鄙小人微笑地说，“期间也会离你远点，当然。”

“没错。离远点。”

然而，领事对于这个意料之外的提议很是怀疑。这些从以色列来的人不知道他们现在是在什么样的一个国家。

“为什么要自寻麻烦呢？让我们就把她埋葬在这里。明年夏天我们可以把他的外婆接来上坟。我们领事馆没有给你的旅费预算。”

“不用担心。我来支付费用。这比调用一架直升飞机便宜。”

“更别说是调用一架根本就不存在的直升飞机了。”

至少他们不再幻想调用直升飞机了，这让领事松了一口气，转身去面对还在焦虑地等待解释的死者前夫。男孩和司机也在旁边听着。男孩的父亲皱起眉头，不赞同地摇着头，男孩趁机挣脱出来，轻松地跳到使者身边，脸上写满了兴奋。他情绪激动地用那双鞑靼人的眼眸盯住人力资源经理的手，并亲吻了它。然后他直起身子：他几乎和他受惊的“施主”一样高。男孩背后，透过略带绿色、正在逐渐散去的雾气，附近的城市闪着微光。使者感觉自己的血脉里涌出一股新的暖意，严寒似乎也不再那么刺骨了。这个男孩被贴上了少年犯的标签，人力资源经理不确定该如何回应他无言的感谢，便摸了摸男孩戴的飞行员帽子，困惑地笑笑，摄影师又按动快门拍了一张照片。

十一

领事依旧心情不佳。除了想吃早饭以外，她原本还指望当天早上就能弄走棺材的。这里的墓地附近有一个小教堂，她本打算中午之前在那里举办一个仪式，接着由政府花钱请吊唁者一起吃个午饭；她的职责也就到此为止了。现在因为人力资源经理她不得不叫停一切。她急需跟自己的丈夫商量一下。假如他在这里，他或许早就把一切都扼杀在萌芽之中了。

她走到锁着的行李站大门，猛敲起来，任何没有外交豁免权的人是不可能这么做的。开门的是一个警察，她解释说已经找到了跟死者关系最近的亲人，一名少年准备认领棺材并担保把它埋葬在他母亲出生的村庄。警察去叫醒长官——后者很高兴能让死者回归故土，他匆忙穿上制服，迅速搞好了必需的表格。由于少年并不太擅长阅读和书写，所以领事帮他填完了表格。然后他们把文件交给死者前夫审阅。

期间，另一架航班的抵达和之后的离开让小小的机场恢复了生机。将要出发的乘客和来接机的人群嘈杂地混在一起，小咖啡店开门营业，让空气中充满了香烟、咖啡和糕点的气味。随着螺旋推进器发出一阵令人放心的飕飕声，一架由军用运输机改制成的飞机顺利地降落在铺有柏油碎石的飞机跑道上，警察们掸掉制服上的灰尘，戴好帽子严正以待。很快下飞机的旅客就推着行李车走过行李站了，他们中——你瞧！——还有领事的丈夫。作为被释放的人质，他一脸微笑，装扮整齐，粗硬的卷发蓬得很高，手推车里放着皮质旅行箱和两箱来自面包房的礼物。

“棺材在哪里?”领事担心地问。

“棺材,”她的丈夫叹了一口气说,“我们将不得不自己把它运出来。如今他们知道我们将接收棺材,他们就不愿跟它发生任何关系了。我猜想他们一定是很怕它……不是我小看他们。我在棺材边心情倒是前所未有的平静。”

“让我们先吃点喝点东西,增强体力。”领事说。

她精明的丈夫却有其他提议:“我们可以等回家再吃饭。必须在机场再次关闭前把棺材运走。我们可不想碰到新长官接手把程序重走一遍这种事情。”

他跟工程师前夫、他的儿子解释了一下,然后问人力资源经理:

“你是什么看法?不算我老婆,我们有四个人。没有司机帮忙,我们自己能搬得动棺材吗?”

“何必找司机帮忙呢?”使者回答,“尤其是考虑到这两个让我陷入这种窘境的人正站在这里无所事事。”

记者和摄影师好心地同意帮忙。于是这五个成年人和男孩一起下楼去到地下室里的小隔间。首先,他们机智地找到了一个让棺材通过窄门的办法,然后把它扛在肩膀上开始往楼梯上走,并随时尽心听从领事丈夫的指挥。棺材很重。人力资源经理之前已经跟棺材独处过好一会儿,所以当它的金属边缘压进他的肩膀时,他没有惊慌失措,但他能感觉到男孩第一次接触到棺材时的紧张。要不是他的父亲把他推到一边,男孩会失去控制踉跄地把他们所有人都带倒。

他们五个人沿着楼梯往上走,领事丈夫和死者的前夫扛着棺材的前端,记者和摄影师扛着后端。使者自己则单独托住棺材的中部,这位公司的人力资源经理已经忘记了躺在棺材里的女人。要不是做过农民的领事丈夫经验丰富,同时用两种语言指挥他们,他们很可能无法安全地把棺材抬上楼梯。他们走得很小心，迈上每一级台阶都是慎之又慎。一股奇怪的酸味萦绕在他们周围。人力资源经理不确定酸味是从棺材里飘出来的，还是男孩没洗澡的体味，男孩选择紧跟在他的身边，有一两次还伸手协助他们。

“假如我离你不够远，”卑鄙小人在他身后喘着粗气说，“不要抱怨。这是你的主意……”

人力资源经理不屑地哼了一声。他没办法转身，也想不出如何反驳他。他不得不看好脚下的楼梯，楼梯顶端，随着他们接近出口，光线变得明亮起来。

我们正朝出发的乘客挥手道别时，五个男人肩扛一口金属棺材经过我们的身边。我们看着他们小心翼翼地把棺材装进一辆面包车里，喉咙有点卡住地问：谁死了？在哪里死的？要把遗体运到哪里去？

当他们告诉我们死者是一个在耶路撒冷被杀的当地女人时，我们在胸口画十字，祈祷她得以永生并复活。一名抬棺人是摄影师，他急忙用相机记录下我们祈祷的画面。

十二

老旧的面包车轮胎在雪中高速旋转，接着终于蹦出来往前驶去。领事和她的丈夫坐在司机旁边。棺材被放在后座。它的一边坐着男孩和他的父亲——他的父亲虽然无须为安葬事宜承担任何责任，但他依然希望能得到补偿。棺材的另一边，人力资源经理不情愿地被挤在卑鄙小人和摄影师中间。那两人还在为故事戏剧性的新变化感到兴奋不已。

进城的路程不算远。即便如此，领事还是抱怨丈夫的没耐心让她早饭也没吃，人力资源经理听了没有犹豫，立刻打开一个纸板箱，拿出一些面包和蛋糕。

烘焙糕点让每个人都大吃一惊，大家没想到会有糕点吃，也没想到它们还这么新鲜。肚子很饿的领事不是唯一一个吃完一份还要的人。男孩也再要了更多，或许觉得这能让他离母亲近一点。人力资源经理原本希望能留点糕点给男孩的外婆，但让他苦恼的是，清晨寒冷的天气让这些人胃口大开，他们很快就吃掉了一整箱的糕点。他想，至少老头知道他的产品大受欢迎会很开心的。尽管时间尚早，但他还是掏出电话拨打了耶路撒冷的号码，他确定老板乐意接到他的来电。管家听出了他的声音，也很清楚他在执行什么任务，她跟人力资源经理汇报说主人去犹太教堂参加安息日的礼拜活动了，很快就会回来。

“礼拜活动?”人力资源经理大感惊讶，“我为他工作了十多年，从来没发现他有任何宗教信仰。”

“你离得远，没办法像在他身边一样了解他的全部。”管家言简意赅地回答，并提出可以为经理记下留言。但人力资源经理不愿透露他的新计划——尤其是不愿用英语——说给一个印度管家听。他让她告诉老板说他的产品很受欢迎，并保证晚点再打电话来。

帮忙抬过棺材的记者已经变成了他自己故事里的一个角色，他现在觉得自己有资格要求使用卫星电话，既然经理手里就有这个设备，那还是挺方便的。人力资源经理不想显得太吝啬，便咬紧牙关，把电话借给卑鄙小人，让他跟自己的亲朋好友聊天，此时城里的白色建筑也变得越来越近了。他好奇地想，不知道他越发在道德上感觉崇高的任务会以什么样的面貌出现在周报的版面上？

他们进入这个省会城市时，卑鄙小人还在电话上说笑。他们的第一站是领事馆所在的大楼——同时也是领事和她丈夫的公寓。小心地把车倒入庭院后，他们把棺材从车上搬下来，放在一个遮阴的角落里，跟几个垃圾筒和一堆堆的柴火摆在一起，并用一块焦油防水布把它盖了起来。

到了他们这个小团体该分开的时候，使者将随领事去她楼上的公寓。领事的丈夫和司机要为去死者村庄的远征做安排——前者打算把中央病理学院出具的信带到一位医生那边去问问尸体能承受多长的旅程而不腐坏；后者则必须去寻找适合雪地的轮胎。记者和摄影师将被送去一家小旅馆，男孩会留在他父亲家为去他外婆村庄的旅程做好准备。他们很快就将重新集合，除了死者的前夫——他已经完成了他的任务，现在必须跟大家分道扬镳了。然而，这说起来简单，做起来却不容易：他紧紧抓住儿子，仿佛是要用他来交换一笔由一个对他只有背叛的世界所支付的赏金。人力资源经理感觉到他的沮丧，主动把第二箱东西送给他作为告别礼物。“里面装的是什么？”男人一边惊讶地问，一边伸手从口袋里掏出一把折叠刀，划开了纸箱上面的封条。他迅速把里面的便笺簿、笔记本和活页夹翻了一遍，接着又拼命搜索箱子的底部；然后他的眼神仿佛是受到了奇耻大辱，他吐了一口唾沫，生气地骂骂咧咧起来。领事和她的丈夫赶紧去安抚他。

“他说了什么？他想要什么？”

看起来，男人看重前妻的尊严甚至超过他自己的尊严，前者受到冒犯让他怒不可遏。跟他自己一样，她也曾是一个有学位的工程师——人力资源经理怎么能让她屈才到做清洁女工的地步？

“我让她屈才？”

“你是人事经理。”领事说。

“那么你是怎么跟他说的？”

“我说，无论如何他都应该感谢有人在她的男朋友离开后给了她一份工作，让她免于流离失所。”

人力资源经理摇摇头。“那不是你该说的。”他表示，并同情地扫了一眼依然拉着儿子的死者前夫。男孩站在庭院里的背光处，精致的五官让使者有一种微醺的感觉。假如我不小心行事的话，他想，男孩的父亲不会让他跟我们走的。这个男人需要奖励。他掏出钱包，取出几张大额钞票递给他。死者前夫伸手去拿的当口，摄影师手里相机的闪光灯又亮了。领事和她的丈夫担心地互相看看对方。站在一旁的司机，脸色一下子转白了。前夫彻底无语。虽然他期望得到的不只是笔记本和书写文具，但他做梦也没想到有人会给他现金。

“这太多了。”领事对人力资源经理耳语道，“你会宠坏他们的。”

“没关系的……”使者微笑着把钞票塞进工程师的夹克口袋里，这既是先发制人预防他反对儿子加入他们的远征，也是划清了他和死者间的界限。男人似乎很清楚他在这场讨价还价中所扮演的角色。他甚至都没说一声谢谢，便接过皱皱的钞票，把它们一张张地展平，当着所有人的面默默地数了数钞票，脸色严峻地把它们放入钱包，然后含含糊糊地卡着喉咙说了几个词。

“他说了什么?”

“他说钱照道理就是他的。简直难以想象!”

“也许他说得没错。”人力资源经理大度地说。他把一只手放在工程师的肩上，另一只手轻轻地拍拍男孩的脑袋。“你会用光你所有的胶卷的。”他提醒摄影师说。

“不用担心。我买了很多很多胶卷。”

“他得拍上千张照片，”记者说，“才能找到一张他喜欢的。而且那一张还总是主编看不上的。”

领事的公寓虽然又老又小，却十分温馨。她脱掉皮草大衣，摘下羊毛帽子，走进卧室，重新出来时她换上了一条色彩鲜艳的居家袍，这倒是让身形高大、农民一样的她显得生气勃勃。吃过蛋糕面包的她还是觉得饿，于是她要去厨房给她自己和她的客人做一顿迟到的正经早餐。她挥着一把餐刀在厨房里进进出出，向摊手摊脚坐在不太稳的老旧沙发上的人力资源经理介绍领事馆的情况。基本上，她的职位是义务的。当他们在以色列的农场于最近一次经济萧条期经营不下去后，她和丈夫决定回到故乡东山再起。在那种天天都有恐怖袭击的时候，为避免看上去像是直接移民出境，他们便提议在故乡建立一个提供各种服务的以色列领事馆，从以色列来这儿的零星游客可以来寻求建议，甚至极少数想要去以色列的当地人也能有个提问的地方。有时他们还必须处理来自两地的尸体。

“这里的尸体，送去以色列?”人力资源经理很吃惊，“你是说这类事情这里也有发生?”

“当然。以色列的登山者可能失足摔死，徒步旅行者也可能在河里被冻死。有的人也可能不够小心而在可疑的情况下被谋杀。这是一个变数多端的大国。它或许贫穷原始，但它也极其漂亮，尤其是夏天和秋天。很遗憾你偏偏得在一年中的这个时候来这里……”

经理愤愤地哼了一声。他坐的沙发也嘎吱一响。没人问过他想什么时候来。他自己的意愿是无关紧要的……

“我不这么认为。”领事反驳道，一边一个接一个地往一个大煎锅里打鸡蛋，好像她在隔壁仍有一家鸡舍似的，“是你说服男孩把他的妈妈埋在她出生的村庄的——顺便说一句，要是你问我的看法，我觉得男孩远不是你想得那么单纯。假如你没有主动提出支付费用并亲自前往，今年冬天他最多只会在梦里见到他的外婆。既然你有钱有闲，也想大方地处理此事，我倒也不是反对这个主意。一路上你甚至可能还得穿越几条冰封的河流……好了，去洗洗手，我们吃饭吧。我原本计划按照这边的习俗，在葬礼后出去吃顿好的，但现在也不用多想这些了。你已经把事情搞得一团糟了。”

领事的好胃口也感染了使者。她不停给他倒一种当地的烧酒，他喝得头晕，仿佛是在波涛汹涌的大海中站在船梯上一样。当他开始没话说时，领事叫他去她的床上小睡一会儿；他说自己睡那个嘎吱作响的旧沙发就可以了，但她不同意。是的，她也很累，几乎整晚都没睡觉。但坐长途飞机来的使者显然更为重要。确保他得到休息是她作为领事的职责。一旦他合上百叶窗，关掉电灯，钻到毯子下，以色列及其问题都会变得遥远。“那么你快点去卧室吧！没时间浪费了。天气预报说将有一场大暴风雪。你必须早点出发以避开它。”

虽然人力资源经理对别人家的双人床总是有一种恐惧感，但他很庆幸能摆脱领事的唠叨，趁机打几个电话。他只是不愿她特地为他去更换床单和枕套。他只需要一条毯子和一个小枕头。他会踢掉鞋子，穿着衣服睡觉。

“如果这能让你顺利入睡，那请便吧。”领事顺从地让步说，“带上你的箱子和包，免得我被它们绊倒。”

她递给他一个枕头，并铺好毯子，他问她是否会跟他们一起去女人的村庄。

“绝对不会！我的领事职责在机场就结束了。我确认死者的家人接到棺材，确认他们会安排埋葬它。任何取悦男孩的决定都是你的事情，不是领事馆的职责。我已经做好了我的部分。我只是好奇你为何如此积极。是因为对死者的母亲怀有愧疚——还是与男孩本人有关？”

“那么或许你的丈夫可以加入我们。”人力资源经理回避领事的问题，突然担忧起来，“我们语言不通，一路上该怎么办？我们甚至都无法跟司机交流……”

“我的丈夫也不是年轻人了。他不亏欠政府任何东西。”

“政府跟这点无关。对于你丈夫付出的时间和辛劳，我会支付他酬劳的。”

“你来支付酬劳？”

“当然了。决不吝啬……”

“那么这就要另当别论了。”

领事似乎精神振奋了许多。她轻快地走到窗前，拉上窗帘，打开床头的阅读灯，关好门，敦促使者好好睡觉，便走出了房间。

周遭终于安静下来了。但他的卫星电话需要充电。记者之前喋喋不休地煲电话粥把电池都快用完了。而且这个房间里唯一的插座还是老旧的款式，跟电话的插头不配，所以他放弃了打电话给老板的念头，老板可能会反对他们计划的旅程并彻底耗尽电池，于是他转而拨打了他妈的号码。他跟她的谈话总是能切中要点。让他开心的是，他的女儿也在那儿，她决定在外婆家过夜，睡她爸爸空出来的床。他没有像往常那样询问她本人的情况，而是跟她讲了他的经历，描述了这儿的冰天雪地和他们即将和变成孤儿的男孩一起踏上的漫长旅程——正如他所料，男孩是个长得很好看的少年，但他妈妈的死让他变得极为敏感且怒气冲冲。他女儿洗耳恭听他说的每一个字，还想要了解更多。

这番意料之外的谈话让他情绪高涨。但他的电话不断发出嘟嘟的没电警报，于是他挂掉电话，切断了他自己与外面世界的联系，然后关掉阅读灯，盖好毯子，试图睡觉。黑暗中，许多牛、马、鸡和羊造型的小雕像，以及一些关于一个往昔农场的纪念品，在一个架子上闪着红色的微光。他担心地想到了被独自摆在庭院里的棺材。整件事情真是跌宕起伏，他悲伤地沉思着。一个比我自己大十岁的外国女人，一个我甚至都不记得的人，现在却变成了我唯一的责任。国家保险已经关闭了她的案卷，她的前夫已经不管她了，她的情人早就消失了，甚至连领事都不想再代表她了。只剩下我一个人在这片寒冷原始的土地上，跟两个把我视为故事的记者在一起，还有一个我不确定自己能应付的十几岁男孩。上个星期二，当我承诺负责处理这个女人的事情时，我又怎么会料到关于她的一切都是如此沉重呢？

他掀开毯子，没开灯就起来走到窗前，他小心地打开百叶窗，希望能看到底下的庭院。他花了点时间才发现棺材，它还在焦油防水布下面。一群好奇的孩子站在它的周围。看起来一位年长的房客显然是意识到了它里面装着什么，于是他正站在那里阻止孩子们接近它。人力资源经理为死去的女子感到悲伤，她像无名氏一般被扔在这栋陌生房子的丑陋庭院里。把他送回家拉长了她在这个世界上的最后一程，他所做的这个决定到底对吗？是不是在机场保持沉默，让死者的前夫和儿子自己决定该怎么办，其实更为明智？或许男孩会让步；那样的话，现在女人就已经被安葬了，一切就结束了，耶路撒冷周报也会写好故事，老板的人道主义形象也该重建好了。

假如男孩年轻的嘴唇轻拂过他的胳膊时，那双鞑靼人的眼睛没有盯着他的手看，事情就不会是这样的！现在他对清洁女工究竟是什么模样有了清晰的概念。自他参与此事以来，他第一次觉得自己不仅必须负责到底，还必须亲身**感受**到底。

他关上百叶窗，回到领事的床上，感觉略有点反胃，他把脸埋进丝绒枕头里，再次用毯子把自己盖好。当领事丈夫回来开心地大声说话吵醒他时，天色已晚。

他套上鞋子，折好毯子，展平床罩，走进客厅。领事和她的丈夫正坐着吃第二餐。

“我们都准备好了。”老农民闪烁着蓝眼睛说，“我们已经给你找了一辆皮实的四驱车，它配有可以应付最糟糕路况的雪地轮胎。医生和我已经看过你带来的文件。虽然它的文字有一些可以润色的地方，但内容却是鼓舞人心的。”

“意思是?”

“意思就是她的防腐处理做得很好，安葬一事不必太急。你大可以带她去天涯海角。无需担心。”

“那么问题是什么?”

“问题是暴风雪快来了。”

“你的妻子……”人力资源经理感到一阵紧张，“她一定是已经跟你说过了，我很希望你能跟我们一起去。可以由你来指挥。那样的话，我就有一个私人领事……”

“他已经是我的私人领事了。”领事深情款款地抚摸着她丈夫银色的卷发说。

“在某种程度上确实如此。”领事丈夫咯咯笑起来，并亲亲他妻子的脸颊。

“自然，你所付出的时间和努力也会被补偿。”

“不用担心那个。”老农民说，“纯粹出于同情和好奇，没有任何补偿我也愿意去。但如果你想支付酬劳给我，那我又为什么要拒绝呢?”

“酬劳方面我不会小气的。”使者感动地说，“从我见到你的那一刻起，我就很相信你。”

领事微笑着又在她丈夫的盘子上放了一个饺子。“假如你也相信我的话，”她说，“你就拉把椅子过来吃点填肚子的东西吧。你听到外面的风了吗？风正越变越大，它在飒飒地说：‘你们这伙人该出发上路了。’”

第三部分

旅　程

一

告诉我们，你们这些冷酷无情的人：在亵渎圣地并把杀戮和毁灭变成一种生活方式后，你们现在又有什么权力来践踏我们的感受？是因为你们和你们的敌人都习惯了疯狂地、不负责任地互相杀戮、自我毁灭以及没完没了的轰炸和破坏，以至于你们觉得无须作出解释或得到许可便可以把一口棺材留在别国一栋公寓楼的庭院里，然后连招呼都不打一声就消失？

你们怎么能够不考虑我们的孩子的感受，就这样让他们突然面对一具被放在垃圾桶和液化气罐中间、毫无鲜花和祈祷吊唁的无名尸体？你们难道没想到他们会做噩梦吗？没想过他们会问我们什么问题吗？即使像你们这样残酷无情，你们一定也知道只有一个聪明的邻居机智地让孩子们去一边玩，让他们避免了迎面而来的恐怖场景。

那么我们该怎么做呢？我们该如何保护我们自己呢？难道要去打电话给某个傻瓜警察，贿赂他，让他相信我们跟此事毫无关系？我们怎么能证明某个星期六下午突然出现在我们庭院里的一具尸体不属于我们中的任何人？

我们什么也做不了，只能咬紧牙关，透过窗户向外张望，直到你们回来。黄昏时分，你们轻松地坐着一辆犹如从古代战场中驶出来的装甲车回来了。我们立刻认出了你们：冷酷无情的外国人，一群狡猾的浪人——再度没有任何人做任何解释——便把棺材装上一辆拖车，消失在黑暗里。跟统治我们直到最近的独裁者们的表现如出一辙。

奇怪的是，即使在你们走了之后，我们都不觉得轻松。一种隐约的、难以名状的痛苦继续折磨着我们。我们依然不知道之前被留在庭院里的尸体是谁，也不知道死者是怎么死的。尸体是从哪里来的？它要被送到哪里去？我们对你们最大的不满是：为什么你们离开时如此匆忙？

临时叫两个刚在小旅馆里安顿下来的记者立刻出发，不是一件容易的事情。然而，在这样的冬天里，他俩永远也不可能单独靠他们自己到达男孩外婆所住的村庄。此外，他们明白，一个变成孤儿的男孩心血来潮，要求大家长途跋涉跨越冰原把棺材运回他母亲出生的村庄，这样的故事远比悲痛的老妇人与她死去的女儿团聚更能抓住读者的眼球。

提供给他们的交通工具也比他们期待的要好，司机说服领事的丈夫——他现在已经被人力资源经理提拔为全权代表大家的领事——不租面包车，而是租了一辆改装过的军品人员运输车。它四四方方，外面包有钢板，巨大的车轮把它高高地抬离崎岖的地面；他们上车都必须用梯子。尽管车子的外面依然是军队常用的灰色，内部却被彻底改造过，舒适度大增。改装拆掉了它的武器装备，取而代之的是带软垫的宽敞座椅、行李架和顶灯。车内唯一留下的军队痕迹是控制面板上无声的绿色刻度盘和焊在地上的两个三脚架。装载棺材的拖车显然是过去被经常用来运输沉重的迫击炮或弹药箱的。

司机也是接受过强化培训的。代理领事戴着他妻子暖和的红色羊毛帽子，作为自己被升职的标志，他答应了年轻的人力资源经理的要求，动用他大方支付的费用雇了第二个司机，后者恰巧是第一个司机的哥哥。作为一名经验丰富的领航员和机械师，他催促大家不要耽搁立刻出发，利用夜晚的时间尽量拉开他们自己和迫近的暴风雪之间的距离。

人力资源经理不熟悉当地的价格，对于这一切将花掉多少钱毫无概念。不过，他之前支付给死者前夫的微薄津贴足以让他放弃所有的抱怨，这一点让他有理由相信在眼前的情况下，花费也不会太大。一笔数目合理的支出便能让他修复老板遭记者诋毁过的人道主义形象，记者现在正和摄影师一起欣赏着这辆改装过的军用运输车。

“但孩子在哪里呢？”人力资源经理焦虑地问，担心英俊的少年可能在最后一刻失踪。

“孩子？”新领事反对这种叫法，“你是这样看他的吗？那你等着瞧瞧我们会在哪里接他吧。那时你可以告诉我，你是否还觉得他是一个孩子……”

城市的街道宽阔却荒凉。路上极少有行人，商店也都关着，因为是夜晚，或者也可能是因为天气预报的暴风雪。汽车高悬的前灯照在带塔楼和尖顶的各式纪念建筑的阶梯和入口处，映出在门前守卫的穿羊皮袄的大胡子哨兵。一群包得严严实实的中年妇女拿着购物篮安静地站在街角，等候回她们村庄的公交车。

在城市的郊区，他们一行人驶入了一个停车场。它属于一家废弃的工厂，旁边堆着许多材质不明的原材料在那里发霉腐烂。一根高耸的烟囱上安着一个扬声器，正传出震耳欲聋的迪斯科音乐。身材壮实的机械师怀疑领事搞不定此类事情，所以他走进去，几分钟后拖着身材纤细的男孩出来了。男孩的脸上泛出一种喝酒之后的红晕；他背着一个小背包，头上还是戴着那天早上他戴过的同一顶飞行员帽。他们让他坐在后座的包和箱子中间，并吩咐他留意看好他妈妈的棺材，棺材尽管被牢牢地固定在拖车上，但路上的颠簸还是可能会让接头变松。

男孩好奇地打量着车子，很高兴自己让这样一个复杂的计划得以执行。他身上依旧散发出那股酸味。卑鄙小人做了个怪相。“先生们，”他低声抱怨道，“如果你们不叫这个美少年在我们停的第一站洗个澡，我们将不得不停止呼吸。”使者看到男孩的脸红了。我们必须小心行事，他想，男孩一定还记得他在耶路撒冷时学的一些希伯来语。“**你好**[①]”他说着冲男孩友好地笑笑，好让他放松下来。“我打赌。”他补充道，“这是你还记得的一个词。”但是男孩的脸却越发红了，他一言不发，漂亮的眼睛闷闷不乐朝下盯着，仿佛来自他母亲丧生城市的一个单词都让他无法承受。他慢慢地转过头去自己的身后，暴风雪显出了它的第一缕不祥迹象，此时已经把视平线上渐行渐远的城市遮蔽掉了，棺材在微红的汽车尾灯眩光里上下颠簸。

从一开始，年长的司机便取代了年轻的那个，后者似乎也乐意服从前者的权威，受他指挥。显然，选择路线的将是哥哥，他选了一条更长但路况更好、走的人也更多的路线。一旦确定他的弟弟驾驶车子没有问题后，他便将注意力转到了控制面板上不工作的刻度盘上，决心要把它们修好。以前当农民时有修理机器经验的领事也来帮忙，很快他们就修好了一个刻度盘；虽然他们并不清楚这个刻度盘有什么作用，但它稳定地一闪一闪还是让他们所有人很高兴。尽管汽车开起来很颠很吵，每次换挡时都会吱嘎吱嘎地响两声，巨大的轮胎也会没有明显原因地震动，他们还是觉得他们安全地开始了一场真正的冒险。机械师像放射科医生看一张令人担忧的 X 光片一般，指出后视镜里远远的黄色微光是来自迫近的暴风雪，但就连这点也没让大家士气低迷。

夜色越来越浓。这条路，非常坑坑洼洼，但除此之外路况还算是相对不错的。使者转头扫了一眼男孩，此时已经看不清楚他英俊的脸庞了，但他看到记者正开着灯做笔记。

“要不是你的那些毁谤，”他平静地说，“我现在会睡在暖和的床上，

---

① 原文为希伯来语英文拼写：Shalom。

而不是在寒冷中颠簸。”

“睡在床上？那么早？”记者微笑着合上了笔记本，“这有点夸张了。现在这里是晚上八点钟，这意味着耶路撒冷的安息日仪式刚刚结束。就我所知，那是你的酒吧时间，而非睡觉时间。”

“你甚至跟踪我去酒吧？”

“我没有。是他跟你的。”他指指摄影师，“他需要一张照片。”

“他本应该拍一张更好的照片。”

“他拍的那张有什么问题？那张照片很真实。”

“瞧瞧谁在谈真实。”人力资源经理生气地骂道。

“我相信事实真相，并以揭露它为目标。你为什么要在意那张报纸上的照片？没人会因为它而高看或低看你。只有你的行为才会决定别人对你的看法。坦白说，我自己倒开始觉得你人还不错了。”

“你？我真是荣幸！”人力资源经理嘲讽道，“终于，我在你眼里不是那么差了。那么我问一句，是什么让你觉得我人还不错呢？”

“你对这个故事情节的洞察力。”

“怎么说？”

“把这个清洁女工带回她出生的村庄安葬。这是我引以为傲的一种人道主义精神。当然，我也为我自己的人道主义精神感到骄傲。”

“等一下。你的人道主义精神跟这一切有什么关系？”

“不是我的人道主义精神，那是谁的？不要忽略这一次我的付出。多年来我写过许多愤怒的文章。我攻击过不同的人和机构。直到现在，我从未达到任何目的。那些人或许是放弃了对我的诽谤起诉，但他们在威胁我后继续无视我的存在。他们读完我写的文章说：‘无可奉告。’”

“我也告诉老板他应该这么说。”

“他没有听你是值得表扬的。那篇文章是我深夜匆忙写成的，破天荒

第一次我的文章对事情有所改变。它不仅让一家大面包房承认过错，还让它采取了行动。相信我，这让我又变成了乐观主义者。我头脑中的一个想法让我们所有人都坐在一辆装甲车里奔赴世界的尽头。你必须承认，对一个卑鄙小人而言，这个局面很不错……顺便说一句，你来看一下这些三脚架。你当过兵——你觉得它们是干什么用的？它们一定是第一次世界大战遗留下来的。你看着吧，我的朋友！你会看到我如何利用这些素材！主编跟我承诺，假如我给他写一个有看头的故事，他会把一期报纸中三分之一的版面都给我……”

“我希望你至少要承认，你中伤了我们公司的慷慨有礼。”

卑鄙小人好脾气地笑笑。

“我可能会——也可能不会。那么假如你们公司支付了所有费用后，反而最终通过提高利润获益了，那又怎么说？”

“我还以为你会保持客观，并为此感到自豪。”

“客观是一种观点。你拥有它，它就不会被任何东西摧毁。我在这里是为了报道一名商人如何后悔他的公司冷酷无情地对待它的员工，并决定摆出赎罪的善意姿态。但他也明白，如果公司的姿态没有被公开报道，它就像没有发生一样，于是他又让你拖着一名摄影师和一名记者，以确保他的赎罪会被人世和天堂同时铭记。在我的帮助下，赎罪会被记住的，因为我将写道，在这个堕落的世界上，依然有能够接受合理批评的正派人士。在我的故事里，你自己不仅是一个个体，也是一种象征。一位冷漠的主管，一名前军官，原本都不知道一个被恐怖分子杀死的清洁女工还在继续领工资，现在却踏上了忏悔之旅，勇敢地面对寒冬里的暴风雪，远征去一片遥远的土地，以下跪恳求宽恕。”

“喂，别乱说……”人力资源经理笑起来，“如果你不小心点，最后下跪的人会是你自己，你的摄影师则会在一旁拍照。”

“这倒是一个好主意!”记者很喜欢经理提出的假设,“要是我能把这个场面融入故事里——何乐不为呢?我们可以掀开棺材盖,让我们的读者瞥一眼死者本人。隔着一段距离,用变焦镜头拍一张富有艺术性的照片……”

“你有胆子试试看!”

“又怎么了?”

“我警告你!”人力资源经理的情绪从愉快转为生气,“你不要妄想打开棺材……你听到我说的话了吗?”

“为什么要生气呢?我恳请你明白,那个女人在你们发工资的名单上并不意味着她是你的个人财产……你可能忘记这点了,但你在这里的角色是棺材的护送者,就跟我一样。假如她属于谁的话,那也是属于她的儿子。他签收了她的棺材,凡事都由他来决定。假如他的外婆想要打开棺材最后看一眼女儿,谁会去阻止她呢?虽然我尊重你所支付的全部费用,但你在这里不是有决定权的人。”

此刻愤怒变成了极度的憎恨。

“我警告你!你有胆子试试看!不要在你们该死的报纸上继续血口喷人了!”

“但你为什么要这么激动呢?报纸对你来说又算什么?你看过它吗?”

“从来不看。星期五早上我做的第一件事情就是看也不看地把它扔掉。”

“你瞧!所以你为什么要在乎报纸里写的是什么呢?并不是说你会错过什么,相信我。正是因为我们知道我们的大部分读者都对本地新闻不感兴趣,他们只看租赁和二手车广告,所以我们有时候会登一些令人吃惊的特稿,深入报道一些鲜有人知的主题。”

“我想我也会直接跳过它们的。”

“那是你的权利。把你的那个卫星电话递给我吧，假如你不介意的话。我想要知道我的儿子有没有从学校组织的远足回来。”

“我不会递给你任何东西的。你煲的那些电话粥已经耗尽了电话的电池。领事那边没有可以给它充电的插座。有比你儿子的远足更重要的事情。我已经跟你说过了：你在这里完全是一个跟班。我让你和你的摄影师紧随我，已经够大方的了，但到此为止。从现在起，你们要跟我保持距离，听明白了吗？”

卑鄙小人的脸在阅读灯的光晕下微微一抽。使者盯着他脸颊上一小片稀疏的胡须，第一次感到他成功地伤到了这个矮胖的家伙。

车内的人陷入一片沉寂。汽车巨大的车轮和高架的车灯让它从远处看起来像是一艘悬浮在空中的宇宙飞船。男孩蜷缩起修长的四肢，消失在包和箱子中间。疲惫且沮丧的人力资源经理背对记者，把围巾挂在一个三脚架上，舒展开双腿。领事摘下他老婆的红色帽子；他铁灰色的卷发在风中飘扬。使者凝视着绿色的刻度盘，在汽车大马力的发动机声中逐渐打起了瞌睡。

二

发动机的声音一停，他也醒了。他睁开眼睛，发现他自己被一个人扔在车里。其他乘客都在外面一个竖着路牌的路口舒展四肢。时间已近午夜。他走到外面，吃惊地发现除去刺骨的严寒，星空居然非常明亮清澈。他们已经赶在了暴风雪的前面，司机两兄弟轻轻地交谈着，一个用另一个闪烁的烟头点燃了一支香烟，他们充满感情地踢着汽车巨大的轮子，确实有理由感觉高兴。领事心情也很好，他挥舞着一根积雪的树枝，跟人力资源经理打招呼。经理看到摄影师正趁着休息，从各种角度给汽车拍照。寒冷让男孩郁闷，但他完全醒着，正用记者的笔记本抄写路牌上的斯拉夫字母。

此时耶路撒冷是晚上十点。安息日活动早就结束了。现在是向老板汇报进度的好时候。即使老板认为他们的旅程是不必要的，是危险透顶的，现在他也没办法做任何改变了。人力资源经理能毫无畏惧地告知老板事情最新的进展。他寻找了一番，在拖车后面找到了一个安静的角落，高架的车轮把棺材抬到视平线的高度，正好能把他挡住。棺材上覆盖着一层奇怪的白霜，犹如鳄鱼的皮肤，这是它在冰天雪地中快速穿行的结果。他试图剥掉一块霜，但冻得生疼的手指让他停止了。

他打开卫星电话，拉出天线。然而，天空中所有的星星，尽管看起来都是那么近那么友好，却无法让他和耶路撒冷连通。卑鄙小人的电话粥彻底耗尽了电池。人力资源经理低声咒骂记者，换了个地方站，但还是没有用。领事看到他的沮丧，走过来鼓励他。

“不要担心。我们会找到办法让你给电话充电的。”

“假如你找不到解决办法的话，”人力资源经理闷闷不乐地说，“那么我们跟外面世界的联系就被切断了。”

“绝对不会这样！”扣在他灰色头发上的红羊毛帽让这个年长的乐观主义者透出一股可爱的孩子气，“我们或许已经有办法了。你可能没有注意到，但这两个超胆侠在我们睡觉时已经驾驶这辆怪物走完了三分之一的路程。他们不想继续以五十公里的时速赶到下一个城镇住个烂旅店，而是想得到你的允许稍微绕一点路。”

“绕什么路？”

“只绕一点点。他们提议从朝东改为朝北走，去二三十公里外的一个山谷，那儿有一个军事基地。冷战时期，那是一个高度机密的场所。现在则是一个旅游地。”

领事解释说，随着两个超级大国的关系逐渐解冻，对和平的渴望取代了战争的威胁，经济形势惊人地——或许也是可预见地——恶化。庞大的军队预算被大幅度削减。整个军队分队，尤其是在边远地区的那些，发现他们自己处于挨饿的边缘，为了生存，不仅被迫出售或出租像这辆装甲车之类的旧设备，还不得不在他们的基地经营乡村旅社和饭店。从这里往北的山谷里有一个二十世纪五十年代挖出来的前核战指挥所，现在那儿有一个半历史半科技的博物馆，向游客展示——当然，是要收门票的——国家领导人是如何计划应对核战争的。

“那值得绕路去吗？”

“只需要绕一点点路。单程多绕二三十公里的样子。司机们听说过那个地方，想要去参观一下，并表示保证会让我们在旅程的延长部分过得愉快。此外，他们说那里的住宿条件比较好，食物也是一流。而且还可以参观实战操作室，包括模拟所有计划好的第一次攻击、反击和二次反击。那是一个互动展览，展示了按下一个按钮便可以让世界天翻地覆的大灾难。”

“简直是电脑游戏！”

“是，也不是。一场用原来的球在原来的场地上重新来过的比赛不仅仅是虚拟游戏。而且我们也不赶时间。路况比我们预期得要好，老太也可能还没回到村里。我们可以欣赏一场从未实际开打的战争，为什么要在什么都没有的无名小村干等她回来呢？我们踏上的是一场艰难、悲伤的冬日之旅，但这并不意味着我们非得陷在痛苦之中。为什么不享受一些寓教于乐呢？至于她么，”——他把顶着一头银色卷发的脑袋朝棺材歪了歪——“不需要担心。我的私人医生看过你的文件后说我可以放心，我们不用匆忙埋葬她。你自己也可以看到，她被冰得好好的。”

领事就事论事的观点吸引了两个司机的注意，他们带着一脸忧虑的男孩走过来，男孩一直瞪大眼睛凝视着结霜的棺材。此时人力资源经理离男孩近得足以吸入他呼出的白色水汽，他发现男孩并不是他妈妈的克隆，但他肯定从男孩身上能看到他妈妈美丽的影子，虽然这种美曾一度被他所忽略。

记者远远地站在一旁，与摄影师也隔着一段距离，后者正准备拍一张众人围绕棺材的夜间肖像照。看来他终于把人力资源经理的警告当一回事了。在闪烁星辰投射出的寒光里，人力资源经理的脑海中突然闪出一段记忆。没错，他确实记得一个长得像记者的人，但在大学里他要瘦许多。

“好吧。”他纵容地下令，“我们可以绕路去享受世界末日前的欢愉——但只有一个条件。我们最多只能在那里停留二十四小时，一分钟也不能多待。”

“一分钟也不会多待。”领事开心地承诺，“而且我保证你会在那里找到一个充电插口。”

每个人都感到满意，包括变成孤儿的男孩，当领事把决定翻译成当地语言说给他听后，他也没有理由要求匆忙埋葬他的母亲。大家爬回装甲车里，发动机重新隆隆地响起来。记者和男孩互相笑了一下，人力资源经理好奇，他们之间新冒出来的无言联盟是否会帮助卑鄙小人为他的故事编出一个戏剧化的高潮？他担心局面失去控制，于是决定改变一下语气。他转过去面对后座，宣布：

“你知道么，我现在意识到为什么我不记得你了。当时，在大学里，你更瘦，而且也更卑鄙……”

大吃一惊的记者笑起来，然后又叹了一口气。

“不要提醒我，我当时有多瘦。那些日子一去不复返了。但你一点儿也没变——我指的不仅是你的外表。你还是背着一个壳，任何事情触碰到你时，你就会缩进壳里……但是现在你至少承认了我在电话里跟你说的事情。我们确实一起上过几门哲学课程。我记得你，倒不是因为你说过什么特别聪明或愚蠢的话。而是因为一个非常漂亮的女孩。不要问我为什么，但她不断去跟你搭讪。”

“是的，我记得。”

“她是谁？她后来怎么样？”

“你又在乎什么？我猜你是想把她也编到你的故事里去。或许你的摄影师能在晚上跟踪她。”

“你瞧，你瞧！你不必那么如此生气。我只是好奇地问问，并不是要拿来报道……”

“你什么时候停止过报道？我打赌你做梦都在寻找独家新闻。”

“这有点言重了。但假如你是这么认为的，我一定是让你感到很不快。听着，让我们来弥补一下吧。说真的。我想要向你道歉……一个正式的道歉……”

使者大吃一惊。有一会儿，他闭上眼睛，低下头。

“但是告诉我，”卑鄙小人问，他天生的好奇心又占了上风，“你后来消失去哪里了？你是大一读完就退学了，还是只是换了专业？”

“我重新登记入伍了。”

“在什么部门？人力资源？”

“当然不是。我是一个战斗营的副指挥官。”

“什么军衔？”

“少校。”

“仅此而已？你应该在军队坚持多待一会儿。难道你不知道在以色列军队，你可以把任何一个少校绑在树上，十年后回去就会发现他已经是上校了？”

“那我猜我是没有找对树。”

“不管怎么说。是什么让你离开军队的？”

“我太过个人主义。大型组织机构不适合我。”

“那么为什么不试一下军队里关系比较亲密的兵种呢……比如领导一个你自己的突击队？”

“为了什么？去充当你文章里的死人英雄？”

“我们又回到我的文章上了！我求求你相信，我的生活还有其他方面。”

“我也是这么听说的。有人跟我说，你一直在读博士。”

“啊！”卑鄙小人脸红了，“看来你有时确实会从你的壳里出来。”

“显然如此。但你的研究主题是什么？为什么你花了那么长时间？”

“你真想知道？”

“我们有什么更好的东西可谈吗？”

“我在写关于柏拉图的论文。”

“关于他，还有什么是没被人说过的？”

“对于这样一位复杂的哲学家，任何一个有点耐心和常识的人总能找到一个新角度。”记者说，接着又郁闷地补充道，“倒不是说我的论文是因此而陷入僵局的，而是我们悲惨的现实一直在让我分心。”

“现实只是一个借口。”

“你说得对。”

“论文讲了些什么？”

“你确定你想要知道？抑或你只是在试图消磨时间？”

“也是为了消磨时间。但我好奇地想要了解你的脑子是如何工作的。我不想再被你惊到。”

记者爽朗地笑起来。“让你吃惊的是你。就拿昨天来说吧，你提议的这个旅程，让人惊讶；刚才，你同意绕路，也是出人意料。”

“好吧，我想我也有难以预测的一面。”人力资源经理很认可这个看法，“但你在回避我的问题。你的论文讲的是什么？某段柏拉图的对话，还是某些更为笼统的东西？”

“一段特定的对话。”

“哪一段？”

“你不会知道名字的。它是一段你从未听说过也永远不会听说的对话。”

“是我们在课上讨论过的一段话吗？”

“是《斐多篇》。”

“《斐多篇》？是的，我不记得了……除非……”

“它讲的是灵魂的不朽。”

“哦，我想的不是那个。还有另外一段……你知道的，很著名的一段，关于爱情的……”

“假如你在想的是《会饮篇》，又名《宴会篇》——那我说的不是这个，这段对话真的没有任何新角度可写了。柏拉图式的爱情，已经被穷尽了一切可探讨的东西。”

但人力资源经理还是要追问。一番友好的智力对话，他想，即便不是太私人，也能有助于让记者保持其最佳表现。他自己基本不记得柏拉图那些著名的对话了，只是能在一门哲学课中如此坦率地探讨爱情，给他留下了深刻的印象。他唯一记得的文本本身是一则关于一个男人的故事或寓言（但那个男人是谁呢？是亚当？还是一个普通人?），男人被切或分成两块（错误地？意外地？故意地?）。因此人有想要和自己失去的另一半重聚的欲望，也就是所谓的爱情……

坐在前排的领事听完，摘下红色羊毛帽子，评论道：

“就连我自己这样的农民也能明白那个故事。每当我切开一个苹果时，我老是感觉它的两半想要重新合在一起。所以我总会把它切成越来越小的一片片……”

人力资源经理捧腹大笑。他内心的紧张缓和下来，洗耳恭听卑鄙小人的反驳：

“那是《会饮篇》最浅显的方面。难怪像你这样的人总是会记得这点。但对于这么一个过分简单的比喻，根本不需要苏格拉底和他的朋友们聚在阿迦同的家里。他们的谈话也不会几千年来始终让我们痴迷。它真正的含义远比这深奥。”

“跟我们说说。”领事和使者急着想知道。

“你们现在真的有心情吗，半夜三更的?”

“我们也没有其他事情可做。”

于是，他们坐在装甲车黑漆漆的后座上，听记者努力阐述爱情的真谛，前座的两个司机则沐浴在时而工作时而不工作的刻度盘所投射出的明亮绿光里。汽车正艰难地攀爬一段崎岖的上坡路，但记者的声音还是压过了发动机的轰鸣。*要是我知道绕路会涉及如此陡的爬坡*，人力资源经理想，*我是决不会同意的*。

“爱情。”卑鄙小人以柏拉图式的激昂风格宣告，“见证了我们的有限性，但它也见证了我们超越有限自我的能力。”

人的欲望像梯子一般拾阶而上，从爱情的最低表现上升到最高，从具体上升到抽象，从肉体上升到精神。得以一窥真实形式的世界，是对明智爱人的奖赏——明智的爱人，他的欲望摆脱了肉体的对象，他意识到他所追求的是某种更本质的东西。他越是搜寻这种本质的东西，他就越发意识到极致之美不在于肉体而在于灵魂……

“灵魂……”领事有所觉悟，或许是想到了作为他灵魂伴侣的妻子。

“那是爱情的奥秘。”卑鄙小人继续说道，汽车正慢下来准备转一个发夹弯，“爱情没有定式。每个人都不得不去寻找属于他自己的爱情奥秘。所以厄洛斯既不是神，也不是人。他是一个**恶魔**，厚脸皮，未经梳洗，光着脚，无家可归，还很贫穷——但他连接了人与神，暂时与永恒……”

汽车在陡坡上停住了。较年长的那个司机担心拖车会在漫长的爬坡过程中跟车子断开，于是他停车去检查两者间的球窝式连接。突然的停车惊醒了男孩，他在行李间转身迅速扫了一眼后面的拖车，此时，机智的技师正拿着手电筒对拖车照来照去。温柔的雪花在明亮的手电筒光线里舞动，他焦虑地绕着棺材走来走去，检查它的绳子和结头。即便如此，他依然不放心；重回车里后，他只相信自己的驾驶技术，便从他弟弟手里接管了方向盘。

“所以，苏格拉底虽然没有拒绝亚西比德的爱，但也没有同意去实现它。”

“真正的爱情需要分离。柏拉图指出，人的两半所渴望的结合，尽管在你的想象中是极具吸引力的，但它一定不能发生。对美的热爱必须保持一种无限制的开放状态。因此，爱情永远都是不稳定的。它的极致能让一个男人去做最伤风败俗的事情。”

三

值夜班的第一个长官对第二个长官说：

你很准时，中士。到时间换班了。但我不会去睡觉。我会熬夜陪你。半小时前，我会说一切平静安好；值班时间过得跟往常一样沉寂。但突然我发现了一些新情况。我不会多费口舌来描述它。来，用望远镜看一下黑暗里的远处。你看到那个巨大的发光体在雾气中下降朝我们移来吗？那是什么？一艘进入大气层的旧飞船？一个来自遥远行星的不明飞行物？抑或只是我想象看到了东西，就像我的部队一直声称有所发现一样？中士，用你的清澈年轻的眼睛看一下，然后告诉我那里有什么。我们是应该叫醒指挥官，还是等它凑近点再仔细看看？我不想犯错而成为大家的笑柄。

我为这个国家服役已经超过五十年了。我生命中最好的时光都在这里度过。但从军队到平民生活的剧烈转变让我陷入抑郁。我不知道自己还算什么。一个在绝密条件下挖地三尺建立起的设施齐备的顶尖场所，我们广袤国土上守卫最严密的基地之一，现在居然变成了一个由一小队无纪律的警卫人员运营的旅游景点，谁能相信呢？

我年轻的朋友，你知道我们底下的核站庇护所有多深吗？曾经一部坏电梯一直掉到地下十层才碰到了人工堆起来的底部，你能相信吗？你有没有意识到，为方便政客和将军带家属在这里过夜，指挥室和储藏室下面都是装修好的舒适公寓？几十米下的深处，有给情侣睡的双人床、宴会用的桌子，还有一个超现代的厨房，厨房里的巨大冰柜中塞满了各种美味——所有这些都是为了让躲避核辐射毒害的漫长时期能不那么枯燥乏味，你知道吗？有没有人跟你讲过藏书满满的图书馆、供孩子玩的娱乐室和各种游戏？这里甚至还有一家带妇产科病房和手术室的医院。

他们说核毁灭的威胁已经过去了。我们之前的敌人现在是我们的朋友，末日决战的武器正烂在军械库内。恐怖分子和人肉炸弹所造成的困扰不能靠地下城市来解决。于是，年轻人，这就宣告终结了一名职业军人的世界，我，曾经为冷战时期的隐秘圣殿服务，现在却成了一个管家侍从。过去在控制室里，每一次演练都会让历史的心脏激动得跳掉一拍，现在我却用迪士尼卡通战来娱乐游客。

你来告诉我，年轻人：难道生活就这样了吗？这里的和平会天长地久吗？我们能如此确定新的威胁——此刻，今天，今晚——不会让我们必须重新躲藏起来？

毕竟，就算我们信任你双眼2.0的视力，你不能否认，一辆陌生的装甲车用大灯照着我们朝大门驶来，还是一件蛮让人不安的事情，尤其它后面挂的拖车上还装着一口棺材。在一个年岁渐长、不再有人需要的中士眼里，这是一个不祥的预兆。

“小绕一点路”去一个依然在部分运营的老军事基地，参观新开在那里的旅游景点，结果却变成了一段两个小时的艰难旅程，汽车经常得在陡峭的高坡上爬上爬下。可能正因如此，当他们在门口被眉毛粗浓、满口金牙的老练中士拦住，坚持说照安全规定身份不明的军队车辆必须停在外面、不得入内时，两个疲惫的司机不加抵抗，便指点车里的乘客们拿好他们的行李，跟随老战士走去几百米之外的寄宿处。他们把棺材留在拖车上，任由他们自己被带去营房，而不是一半在地下的招待所，营房里三个士兵正躺在一个噼啪作响的火炉边熟睡。中士把毯子递给他们，指指堆在墙边的几个睡垫，建议他们睡一会儿；接待员明天早上会给他们办理必要的登记手续。

上了年纪的领事，此时已是精疲力竭，他拿了一个睡垫，拖到一个角落里，脱掉外套和鞋子，一下躺倒，后悔地最后看了一眼绕道而来的这个地方，然后用军毯盖住了脑袋。人力资源经理什么也没说。他的军队经历让他明白，当他的手下意识到犯了大错时，保持缄默是最佳策略。他选了一个睡垫，除了发给他的毯子，又另外拿了两条毯子，然后在领事对面的角落里躺下。司机两兄弟选了第三个角落，互相挨着躺下；房间的第四个角落被记者占住。他关于爱情的说教大受欢迎，这让他情绪高涨，他邀请摄影师跟他分享同一个角落，还叫他拍照为一天的艰苦跋涉留念，然后才把自己裹起来，面朝墙睡下。

男孩一个人慢慢地寻找属于他的地方。他戴着飞行员帽沉思地在房间中央站了一会儿，仿佛是在寻找某样他弄丢的东西，他在火炉边跪下，朝火里扔了几块碎煤。一路上的大部分时间他都在睡觉，所以现在看上去并不累。当老中士提来一桶热茶时，男孩便帮忙把茶倒进杯子里，递给旅行者。

人力资源经理从领事那儿学会了如何用当地语说“谢谢”，当男孩害羞且小心翼翼地给他一杯热气腾腾的茶时，经理轻轻地谢谢他。男孩朝他微微一笑，他那被煤弄脏的精致手指擦过经理的手指。甜甜的热茶来得正是时候。经理本想再要一杯，但中士已经把茶桶拿走了。没有任何其他事情可做，他只好示意男孩关掉灯。

“这算什么？重头再来一次的新兵训练营？”

从毯子下传来卑鄙小人嘻嘻哈哈的声音。人力资源经理料到他会睡不着，也知道任何谈笑只会让入睡变得更加困难，于是他闭上眼睛。立刻，他的耳朵受到了噪声攻击，领事拉锯子般的呼噜声正和一个士兵的呼噜声一应一和。

时间到了凌晨两点三十分。男孩继续蹲在火炉旁，仿佛是被映照出他完美五官的火焰迷住了。此时其他人都已经睡着了，使者可以更仔细地端详他。虽然他知道男孩意识到了他的注视，他却无法将目光移开。都是因为他的母亲，他想，我不愿在太平间看她，现在我却无法停止看她的映像。

睡不着的不止是他一人。老中士也睡不着。他返回来假装给炉子加煤，但他很快就开始问少年问题，并聆听他讲述他们奇怪的远征。他们说话的声音很轻，人力资源经理靠观察男孩的手势和白头发中士的表情来跟踪谈话的内容。像其他跟他年龄相仿的人一样，中士让人力资源经理感觉放心和值得信任；他甚至让经理思念起了德高望重的公司老板本人。想到他已经将近一天没有跟老板联络了，他从睡垫上起身，向交谈的两人展示了卫星电话和它的充电器，打手势说电池用完了，并伸出两根手指表示要找一个插座。

吃惊的中士拿过通讯工具，放在手心里一边端详，一边咨询男孩以确定他理解了经理的意思。尽管已是午夜，但中士毫不畏惧挑战，他似乎很高兴找到了一项值得他去做的任务。他不慌不忙地把电话和充电器塞进厚大衣的口袋里，走开了。

一度，人力资源经理很担心。但不等他把中士叫回来，男孩就笑着用经理的母语叫他放心。经理也对男孩笑笑，拍拍男孩的一头金发，回到了他的角落里盖好毯子。男孩似乎也觉得是时候睡觉了，因为他拿了一个睡垫，站着寻思要把它放在哪里。过了一会儿，仿佛是宣告他信任那个批准他妈妈最后旅程的男人，他把睡垫放在经理的边上，脱掉鞋子，又开始脱他所穿的背带裤。他不仅不介意寒冷的天气，似乎还很享受它。人力资源经理最初发现这点是在机场，所以在这个有取暖的房间，他并不惊讶于男孩脱掉内衣，散发着汗酸味，赤条条地跪在那里铺毯子。

人力资源经理有一个十几岁的女儿，他总是很当心地避免看到她或她朋友的裸体。他从高中起就再也没见过青春期少年的裸体，更不用说是一个如此暧昧的身体了，他一半是孩子一半是成人，如此阳刚又如此阴柔。男孩有着削肩秀足，私处的金色毛发尚不浓密。即便是在黑暗中，还是可以清楚看到他裸露臀部之上的柔软躯体有许多新旧不一的疤痕，有抓伤，有实际的咬伤，还有领事怀疑是男孩自己的不良行为造成的痕迹。他脸上既傲慢又绝望的表情证实了这种怀疑。人力资源经理好奇，他的裸体是否是一种对报酬的勒索，不仅是因为他被人遗忘的母亲，也是因为耶路撒冷许下的一整个虚假的承诺。

男孩慢慢地钻到毯子下面，仿佛是不情愿与他自己的裸体告别。他把脸转向他选择睡在一旁的男人。经理跟男孩之间只隔了一口气的距离，现在他近看了一下男孩那双沿扁平鼻梁朝向斜的眼睛。男孩身上透出他妈妈的魔力，但人力资源经理确信曾经感染到他的男孩不会动摇他内在的决心，这种决心从未让他失望过，他移开目光以免引起误会，然后用希伯来语对男孩道了声“晚安”。

希伯来语是杀害他母亲的那个国家的语言，男孩仿佛是决心要从他的灵魂中擦去这种语言的每一个词，所以他只是略微一笑，便倦怠地闭上眼睛。我知道你只是在装模作样，人力资源经理想，那么，晚安，一夜好梦！

他转向墙壁，炉子里的火苗在墙上投射出舞动的影子，直到睡意将它们熄灭。

然而，对我们而言，火苗在继续燃烧。火苗吸引我们，让我们在时空中翻腾，承载着一个奔四男人的梦想，一个前军队军官，一个离婚的、有一个十几岁女儿的父亲，一个负责一项独特任务的人事经理，此刻在他旅程的第一站，一个由曾经的绝密军事基地转变而来的旅游景点，他在营房里，躺在一个薄薄的睡垫上，裹着一条外国军毯。虽然我们感觉他急切地想要做一个好梦，但是在这种疲惫不堪、睡在他周围的人又一直在打呼噜的情况下，他可能做一个有意义的好梦吗——可能做一个他会记住并醒来后跟别人描述的梦吗?

那是我们的工作。我们，想象的代理人，幻觉的掮客，会在这儿制造出一个神乎其神的可怕梦境。我们已经在紧闭的眼皮上方盘旋，溜进了呼吸的节奏中，把童年的希冀和昨日的遗憾搅在一起，将焦虑融入美妙的欲望，混合妒忌、记忆和向往。我们神出鬼没，不会漏掉任何细节，刺破灵魂坚韧的外膜，把微小的梦线虫和压紧的虚伪注入其中。

虽然我们所有人在这里都是为了同一个目的，但我们都互相不认识。我们不停地改变我们的伪装。两个童年时的朋友合并成一个青年。被一颗流弹打死的士兵回来时就变成了中士。前外长也在这里，他现在是一个隔壁邻居，也可能是一个堂表兄弟。还有其他人，完全没有身份标记的陌生人，就好像一个女人在街上经过，我们的灵魂就飞出去找她了。

我们的这个梦抽搐着活过来。随着开场镜头的出现，眼皮翕动。一声叹息被扼杀在半途。毯子下，一条腿紧张地踢出来，接着其他动作慢慢地跟上，仿佛一个人正在迈出他的第一步，或者更恰当的描述是，正在开始下降。

祝好运。

四

起初，梦境开阔平顺，犹如一段下降的楼梯。他回到家，去看了他妈妈家附近的一栋新楼，他在楼里租了一套雅致的小公寓，很快就能入住了。然而，在光线好的情况下失足跳过一级楼梯也是很容易的，于是他就这样错过了底楼显眼的出口，继续往下走，一开始他没有发觉光线越变越暗。楼梯也变得狭窄起来。周围不再有公寓。他正在探索一个类似地下室的地方。他也不是一个人在楼梯上。戴着皮草帽子、穿着厚重长大衣的老头们在他身边唉声叹气地大步走着。那么，好吧，做梦人激动地想，我一定是在原子弹庇护所里，这一定是参观之旅。但带领我的导游在哪儿呢？

然而，就在这时，梦境突然急转直下。旅游景点变成了一种可怕的现实。戴皮草帽子穿长大衣的老头们其实是政委和间谍，他们已经匆忙发起了第一次攻击，现在正忙着躲避迫近的反击。

楼梯此时变得又窄又抖，他们四周的墙壁既凹凸不平又很逼仄。在新楼的最深处，耸立着一个古教堂的钟塔。尽管他是一个不属于这个地方的陌生人，他还是希望自己能像其他人一样获救。他笨拙地假装成另外一个人，挤进庇护所里，那是一个憋闷的小房间，里面塞满了人，大家都愤怒、绝望地扫视着一个透明隔间——玻璃后面，领导们在一个小指挥台上忙碌，他们已经轻率地下达了可怕的命令。从隔间外看，他们的轮廓很像灰熊，仿佛早忘了他们愚蠢的行为；即便如此，做梦人还是觉得自己认识他们，过去跟他们起过冲突——尤其是他们中的一个，那个男人身材臃肿，魁梧的胸前挂满了勋章，看上去犹如一条条血腥的火舌。

这可能就是整个秘密庇护所吗？它的传奇深度就是如此吗？我同意绕路来这里，没有直接去死者出生的村庄而参与到一场跟我毫无关系、也不该我参与的毁灭之战，真是这样的吗？谁能在这样一个凄惨的庇护所里存活下来？敌人，在我们造成的浩劫中咬紧牙关，此时发起了他的报复。局面将是很可怕的。据说，已经可以看到反击弹后面交叉闪烁的火焰了。为什么要待在这个没有防卫能力、只会吸引毁灭之火的地方呢？我始终住在西面的以色列。现在为什么死在它发来的炮弹下呢？

但为时已晚。反击的炮弹悄无声息地落在这栋楼上。一股令人窒息的可怕怪味在庇护所里弥漫开来，庇护所其实也是一个体育馆。它的墙壁上挂着木头梯子。惊慌失措的领导们正攀上梯子去够一扇很窄的高窗，透过这扇高窗可以看到一棵柏树绿色的树尖。做梦人记得这棵小时候常见的树，但他从未像现在这样渴望它。

这还是同一个梦吗？他只是转了一下脑袋，背景就毫无间断地变成了一片烈日高照的蔚蓝天空。现在是七七节[①]前夜，七七节是上帝赐予摩西《十诫》的日子，学生们头戴花冠从一扇开启的大门里蜂拥而出，跑去向他们的父母展示他们在课堂上做的《摩西五经》卷轴。

他在等谁？他没有妻子，他的女儿还没出生，没有头戴花冠的孩子在找他。尽管已经长大了，但他自己还是一个学生，而且他上学迟到了。他解开把他绑在树上的绳子，飞过旧日高中鲜花盛开的花园，飞过架在一个池塘上的人行石桥，飞上学校的阶梯，飞了一程又一程，直到他来

① 七七节本来是一个农业收获节，以色列人在这一天把新收的小麦献给上帝。后来成了犹太人用以纪念上帝在西奈山赐予先知摩西《十诫》的日子，是犹太历中三大朝圣节之一。

到教室。里面却空无一人。

她取消了课，还是他的高三同学们逃课了?

黑板上没有留言。老师的椅子上放着一把她从家乡带来的计算尺。那么，这说明虽然是节日，她还是过来准备给他们上三角函数课的，结果却被他的同学们放了鸽子。他明白他的迟到也让他成了背信弃义的人，于是他拿起被阳光照得热热的计算尺，希望能把尺带给她以求原谅。但老师的房间也空着。这位教三角函数的外国老师已经被召去校长办公室，要被解雇了。他，虽然只是一个学生，却肯定他的爱和忠诚能拯救她。而且学校的秘书也支持他。“快跑!”她说，“他们正在解雇她。”

他飞奔过去，透过光线昏暗的校长办公室的一扇大窗户，他看到她倒在一把老板椅上，他们让她坐下以缓解震惊的情绪，这让他突然被一股甜蜜的恐惧击中。他现在意识到，他其实自始至终都知道她不是一名清洁工，而是一位老师。摆脱了围裙、扫帚和帽子，她穿着一件孩子气的花朵图案夏装，就像那件老板在棚子里翻出来铺开晾干的长睡衣。夏装的领子敞开着，露出她修长有力、完美地向后略仰的脖颈，和没有一丝血迹、大理石般雪白的肩膀。

一股他以前从来都没感受过的激情让梦境突然变得燥热起来。是人肉炸弹上路去市场了吗?还是炸弹已经被引爆了?他想起来他已经写好了故事，不仅是关于她的人生，也是关于她对他的爱，这份爱发生在很久以前，当时他还是一个孩子，甚至是一个婴儿。她哺育他，这是他俩做爱的方式。就连往昔的激情也无法挽救她，这是多么可怕啊!他凑近扶手椅，以证实这的确是让夜班主管神魂颠倒、死后却被遗忘的女人。米里亚姆，米里亚姆，他说，回忆起了那个写在她门上的秘密的希伯来语新名字。她的照片，那张他给别人看以证明她的美丽的照片，让他热血沸腾。近乎发狂的他，忘了自己只是一个学生，他挥舞着计算尺，朝正在努力把半死不活的女人从椅子上拉起来、把她和垃圾一起扔掉的校长和校长的助手们冲去。

等一下，做梦人在心怀同情的秘书的鼓励下，一边跑一边喊道，给我留一点时间。有雄心壮志的孤独学生，哭泣着一把抱住老师，仿佛她是他同学，即使她要比他大十岁……

他还在梦里吗，抑或这是一个从梦境衍生出来的想法？因为当他亲吻她时，他轻轻地说，或在心里问道：

“为什么要投降？为什么要放弃？这个世界上有没有一个值得我死在上面的十字架？”

五

他的梦给予使者一波又一波的愉悦感，让他一睁开眼睛就立刻坐起来，仿佛是为了在意识中巩固这些幻想，以免被后来的梦所根除。他在军队中教会了自己在醒来的刹那便在脑子里勾绘一幅他所在单位的图像，以确保手下的每个人都各就各位，所以他立刻就对营房的布局了如指掌了。职业地扫一眼，他就知道之前睡在炉子边的三个士兵不见了，取而代之的是另外三个裹着相同毯子的人。

旅行者四散在各自的角落，还在熟睡。炉子，一定是有人给它加过煤了，烧得很旺。虽然外面依然很黑，他认为最好还是去看一眼棺材。为避免吵醒男孩，他蹑手蹑脚地从睡垫上起来。男孩踢掉了毯子，他一度纠结自己是否有权，甚至说是否有责任，去替熟睡的少年盖好毯子。不过，看来最好还是不要碰他，哪怕是顺便。

他仔细地穿好衣服，用围巾包住脖子，又穿上他厚厚的冬装外套，才拎着军靴踮起脚尖朝外走去。他跟睁开充血眼睛的领事快速交换了一下眼神，然后走到走廊里。老中士睡在一个为防止突然而至的游客不付钱就进入景区的临时屏障边。

人力资源经理有对付睡觉岗哨的经验，也曾缴械并交军事法庭审判过不止一个哨兵。然而，由于他不希望对满脸皱纹的老中士采取这种手段，他便在中士身边坐下，一边穿靴子，一边等中士注意到他。中士真的很快就睁开眼睛，认出了他。经理的靴子，即使是另一个军队发的，却依然引发了他的革命同志本能。他掀开一条乍一看像是设计用来为猫或哈巴狗保暖的被单，露出正笔直插在充电器上的卫星电话，充电器则通过一根临时拉起的电线接在一个本属于一辆半履带车或坦克的大电池上。

人力资源经理惊得说不出话来，只能感激地点点头。

中士小心地拔掉电线，用外套的一角擦拭干净电话，交给经理，后者立刻尝试拨打了他办公室的电话。几秒钟之内，他就听到自己的声音在耶路撒冷的深夜要求来电者留言。他彬彬有礼地按照答录机里他自己的要求做，一边明确地汇报最新进展，一边朝努力听他给自己留言的中士微笑。然而，当他从钱包里拿出一些钱给中士时，后者拒绝了。一名老兵怎么能因为一次军务而收受报酬呢？

经理确定电话又能正常使用后，便示意中士他想要出去。为了减轻对方的怀疑，他用手势表示自己仅仅是想去查看一下棺材的情况。要如哑剧表演一般地说清他的意思不是一件容易的事，因为中士已经忘掉了棺材的存在。经理在空中比画了一个长方形的盒子，但这也没能让中士想起棺材，于是他身体略微后仰，闭上眼睛，胳膊交叉放在胸前，假扮要被埋葬的尸体。

中士终于恢复记忆，高兴地批准了经理的要求。他打开门，陪同经理走到外面。经理感觉，要是自己会说他们的语言，他大概能指挥锈铁门边的士兵，乃至中士本人，去执行任何他所下达的命令。他在军队事业的伊始，第一次给手下的分队下达指令时，他就意识到一种清醒的权威态度可以提升手下的士气。不过，即便他天生就是一个领导者，他也清楚地跟上级表示，他觉得在这个世上没有任何人值得为战争而死。难怪他在军队中始终未能高升。

棺材上鳞片状的结霜已经消失了，它的金属表面再度清晰可见。他摸摸棺材，看看它有多冷。他搞不清楚尸体头脚到底躺在棺材的哪一端，便选择站在了棺材中段，他摸出电话，抬头看看天上的星星。在云层的遮蔽下，星星显得模模糊糊的。他拉出电话的天线，凭记忆拨打了老板的号码。

此时耶路撒冷已是半夜了。不过，既然老板舒服地待在家里，却让他的人事经理去为他的非人道赎罪，那他就不得不接受随时被叫醒。

“是我……”

“咳，好吧！终于来电话了！”

“我知道这可能是一种打扰，不仅打扰您睡觉，还打扰您做梦了。然而，我认为最好还是在周围没人的情况下，私下跟您谈一谈。”

“你不必道歉，年轻人。到了我这个年纪，睡觉是浪费时间。我很高兴现在能跟你说说话。”

“我不想让那个您安排来当我尾巴的卑鄙小人记者偷听我们的谈话。”

“你说得对。最好还是跟他保持距离。不过，我不会花太多时间去担心他。他出来是为他自己赎罪。主编承诺这次他会更加手下留情一些。”

“这儿快是早晨了，先生。”

“我及时意识到了时差问题。我一直在地图上努力地跟踪你有别于计划的奇怪路线……”

“我想您已经知晓了一切。”

“没人能知晓一切。能知道重点就够了。当我昨天发现你一直保持无线电静默[①]，我就打电话给我们的领事。她告诉我说，你已决定把你的任务变成一场远征了。”

“您听了是什么反应？”

“从你做流动销售员开始，我就知道你喜欢冒险，但我没料到你对死

---

① 无线电静默是指在军事行动中为了防止敌方通过无线电侦测到自己的存在，而禁止发出任何无线电信号。

去女人的负疚感是如此深。”

“您错了，先生。我感到的是同情，而不是负疚。我不仅是同情她，还同情她的儿子。他在机场坚持说要让他的外婆参加葬礼……只要我们在这儿，我们就没办法把她带到我们身边，那么既然如此，我想，为什么不让死去女人享受一下我们超负荷的政府承担不起的待遇呢，为什么不花我们的钱把她带回她的家乡村庄呢？那也是这个故事的合适结局。”

老头叹了一口气。“谁知道什么合适，什么又不合适呢？再者，你所说的结局是否就真的是结局了呢？但木已成舟，事情做了就做了。领事向我描述了那个导致你做出这个决定的金发男孩。”

“他没有导致我做任何决定。我替他感到难过。他是一个孤独的少年，他爸爸对待他就像是对一个陌生人。而且他在法律上有权决定他的母亲被葬在哪里。”

“是的，这些我都明白。领事没有吝惜言辞。她也没有吝惜细节或评论。我也听说了你的装甲车，以及你不能给电话充电的事情。更不用说她出色的丈夫了，她无法停止对他的赞美……”

“他是个特别好的人。”

“嗯，她很想念他。他正在照顾你，而不是她，我认为这让她很是嫉妒。顺便问一句，这位领事，她长什么样子？”

“一头长颈鹿。”

“那正如我所料。她讲话没完没了。我都不能记全她所说的话。”

“那么让我们紧扣主题。我们正在一次长途旅程的半途，而且不能退出。也根本无法知道它会花费多少钱。”

“我已经跟你说过了，费用我是不担心的。”

“我不是唯一感到内疚的人，不是吗，先生？”

“如果你想这样诠释我的慷慨，随便你吧。只是不用担心钱方面的问题。你有无限的额度。”

“这里东西很便宜，但各项费用加起来还是不少的。”

“我相信你的判断……你的直觉。”

“不要太相信这些，先生。我的直觉让我做梦了。您足够清醒，想听听我的奇幻梦境吗？”

老头似乎战栗了一下。“不用了！你的电话费太贵了，不适合在电话里做梦。你被派去出一趟短差，假如它变成了一趟长差，我并不介意。但别偏离线路太远了……”

“我们已经偏离路线了。”

“此话怎讲？”

“稍微绕了一点路。去了一个现在是旅游景点的前军事基地。”

“什么样的军事基地？”

“冷战时期留下的核战指挥所。我们的司机听说这个地方很有意思，便决定利用我们多出来的时间来一场寓教于乐的教育游。”

“你正在一个核战指挥所跟我通话？”

“不是。我们还没能对它进行参观。我们明天早上会参观它。现在我正站在露天，棺材旁边。天很冷，但不是不能忍受。我面朝东方，因为黎明给天空抹上了一缕玫红色。”

“一缕玫红色？”

“事实上，是薄雾让它变得粉红。”

“当心点，年轻人，当心点！你让我比这番谈话开始时更加担心了。不要再用我的钱去绕什么路或参观什么地方。而且记住，那个女人不会永不腐烂，即使是在天寒地冻的情况下。”

“不要担心。我没有忘记她。我们有一份中央病理学院出具的文件，上面说我们有的是时间。”

“听着！”老头一刻比一刻忧虑，“不要相信任何文件。相信你的直觉。并且记住，你是一名使者，而不是将军。从现在起，我要你与我保持密切联系。也不要再把电话电量浪费在愚蠢的谈话上，无论是你的，还是其他人的。”

六

起初他以为自己准确定位了太阳将要升起的地方——两座圆形山峰间一道被雪覆盖的光秃峭壁——因为那里玫红色的光晕最为明亮。然而，徘徊的太阳却令他惊讶地出现在远处，从一座远山后面跳出来，在树木繁茂的山谷里撒下一片暗哑的黄色。

假如我所站的地方是一个大核战庇护所，人力资源经理想，那它一定有暴露在外或隐藏起来的通风管道。他开始寻找它们，却在远处的一排树后面发现了一些人影和烟雾。他走进点，看到原来是一群小贩或吉卜赛人在一片空地上搭建一个市场。它是针对当地的居民还是来这里的游客？抑或可能是完全为他准备的——为什么不可能呢？他是一个彻头彻尾的陌生人，一名来自远方的使者，他早早起床，是因为害怕再做梦吗？

他慢慢地穿过树林。虽然一个沉默外国人的出现让小铺子的主人停下了他们正在做的事情，但这并没有阻止经理打量他们从麻布袋和板条箱里拿出来的商品。他依然清晰地记得关于他们的那个女同胞的梦，他正在把她带回她的故乡，她像一个保护气泡一样笼罩着他。他踱步经过一堆堆的土豆、胡萝卜、笋瓜、红皮奶酪、粉嘟嘟的剥皮乳猪、被关在笼子里的毛茸茸的兔子、新鲜出炉的各种大小和形状的黑麦面包、老式的家居用品、玻璃杯、盘子、绣花台布、亚麻织物、彩色的连衣裙、画像和圣人雕像。他还被笼罩在各种烹饪的气味中。

这时他才透过小贩们的围巾和厚外套注意到，他们中的大部分都是女人。现在一些人微笑地望着他，还轻轻地叫卖起她们的东西。虽然他没有当地的钱，但他肯定她们会愿意接受任何他所支付的钞票。

但他应该买点什么呢？这个地区的特产是什么？也许他应该等领事丈夫起床后来帮他区分真货和假货。与此同时，他可以吃点东西——热乎的、甚至是滚烫的食物，以驱散昨晚在梦里萦绕他的死亡。在这片空地的尽头，一口大锅正冒着热气。一个年龄不明、穿着廉价皮毛大衣的女人正一边搅拌着锅里的东西，一边用嘶哑的嗓音自顾自地唱着歌。他不确定她是弱智，还是属于某个北极圈的少数民族。在她旁边，一块厚毛毯上躺着一个包得犹如礼物的襁褓中的婴儿。这张从软帽下探出的甜美小脸让他想起了谁？

使者，过分积极地来到世界的尽头，他回忆起五天前秘书的小宝宝在走廊里快速爬到老板办公室的门口用奶嘴敲门，让他不得不一把将他抱起来。要是他能多抱抱眼前这个温暖的小身体，借此来摆脱那个梦就好了！然而，没有哪个妈妈会把孩子借给一个沉默的陌生人，他掏出一张钞票，指指锅里黑乎乎的、看着像某种炖品的东西。

女人担心地看了他一眼。她咕哝了几句，拒绝接过那张钞票。但鞑靼风味的炖品是他想吃的，于是他坚决地放下钞票，伸手拿了一个锅子边的金属碗，递给她。她周围的小贩们也紧张地小声讨论起来——他不清楚大家是在说她，还是他。既然她继续犹豫不决，他便自己把碗伸到锅里慢慢地舀出一碗炖品。虽然他喝第一口时就知道这是一种不同寻常的饮料，但他还是趁热把它喝完了。我不用担心，他跟自己说，我在军队里吃过各种残羹剩饭，这碗饮料也不会让我怎么样的。

农民和小铺子的主人们围在他的四周，呆呆地看着他把那碗东西喝得一干二净。一些人责骂女人，并试图掀翻她的锅。不过她似乎并没有被吓住。她挥起一把长柄铁勺子，一边不让大家靠近，一边还开怀大笑地哼着小曲。人力资源经理更加仔细地打量她，确定她是一个唐氏综合征患者。

好吧，他自我安慰地想，就算她给我吃的东西是坏的，我最后也能把它吐干净。但她的小孩则没什么希望了。我不能继续跟这些焦虑的女人耗下去了。该走了。

几个女人紧紧跟随他。他的脖子后面都能感觉到她们的恐惧，但他并不理解个中缘由。他加快步伐，猛敲铁门。士兵们认出他，把他放进来后又关上了门。

不等我们明白他要什么，他就把它一口喝掉了。根本没办法提醒他，因为他不懂我们的语言。所以我们跟着他，想告诉士兵他必须把它吐掉。问题是他们不会再开门，除非你有票子。这算什么军队！我们的父母拼了老命为统治这个国家的蠢蛋们挖了这个庇护所，但如今我们却必须付钱才能参观它！

他将会如何？他不知道他吃的是什么，也不知道那是谁做的。最后，他们会指责我们毒害他，并关掉市场。我们对那个疯婆子太好了，都是因为她的宝宝。但不会再对她客气了！你让我们成为笑柄的时间够久了，你这个疯子！跟你的锅碗瓢盆和炉火说再见，带上你那个不知道父亲是谁的小孩去湖边上唱歌吧。并且小心不要让狼和狐狸错把孩子当猎物吃掉。

起初，他觉得炖品有股咸咸的鱼腥味。接着，觉得它又有点甜得发腻。他偷偷地往一块石头上吐了点口水，不想让士兵们看到。他吐出的唾液泡沫，虽然带着血腥气，看上去却是绿色的。

我本该慢点喝的，他责怪自己。然而无论如何，他对自己的消化系统有信心。军队所有的厨师都没能毒死他，一个市场里的小贩又怎么可能得逞呢？

老中士还坚守在营房外的岗位上，正在一个煤油炉上烧茶。人力资源经理感谢他帮他电话充电，朝他点头问好。虽然他想要喝点热茶，冲一下嘴里恶心的味道，但他觉得最好还是重新加入依然在睡觉的其他人。

不是他们睡得很沉，就是他们的梦境很安静。经理把一根手指放在嘴唇上，示意领事不要打扰他们。“一切都很好。”他轻轻地说，让领事放心，虽然领事看上去并没有担心。他拉上一扇窗户的窗帘，阻止早晨的光线照进来，走到他的角落，不假思索地把男孩露在外面的脚盖好，在他自己的睡垫上躺下，裹好两条毯子，希望能不做梦地踏实睡一会儿。

他确实没有做梦。但他却感到一种可怕的刺痛，仿佛有人在乱砍乱劈他的肠子。三小时后，他醒来，一下站起来，旋即又疼得直不起腰来。幸好——时间不早了，日光明亮——没有一个人在，因为他已经憋不住拉在了裤子和床单上。他跌跌撞撞，勉强地去到厕所。这是一个条件很差的老式厕所，没有坐便器，也没有窗户，唯一的厕纸是裁成条状的旧报纸，而且他一走进去，就打了一阵冷战。他又脏又臭，浑身发抖地在冰冷的水泥地上打滚，根本顾不了门没锁。

仿佛是他在梦里爱上的女人把她的情况传给了他，他感觉更像是死人，而不是活人。虽然他感到极为痛苦，但他依然在笑他自己。我显然不是一个将军，他想，因为就算是一个小队长也会知道先锁上门，再来思考怎么处理现在的窘境。不过，我现在是在异国他乡，而且以后永远也不会碰到来自这个国家的人，所以我有什么可在乎的呢？让记者和摄影师也看到我的状况吧。好好看看，你这个卑鄙小人。是你《会饮篇》中的厄洛斯，一个厚脸皮、未经梳洗的**恶魔**，连接了人与神，暂时与永恒……

他甚至都没试图凑到水槽前。仿佛站起来会让他必须为他自己负责，而他只想做一个不能自理、让妈妈来换脏尿布的婴儿。

做军官时，他在军队里见过足够多的食物中毒案例，所以他知道这次一切还刚开始。他开心吞下的炖品尚未发挥它最大的威力。在他确定能控制自己的身体机能前，他一定不能离开厕所。精疲力竭、惊魂未定的他脱掉外裤和内裤，半裸地躺在地上直哆嗦，等待自己的身体下一步会有何动作。

过了好一会儿，他听到门把咯咯地响起来。被一个陌生人发现，或者被一个他认识的人发现，他不知道这两者中哪一种情况更为糟糕，他抬头看到门口照进来一束光，是鞑靼男孩来了。飞行员帽子下面他那双淡蓝色的眼睛，以超越他年龄的成熟打量着他。虽然他知道少年已经把所有的希伯来语知识都从脑海里抹去了，他还是用希伯来语坚定地对他解释说，虽然情形看上去很古怪，但他看到的不是疯子发狂，而只是一起食物中毒，他必须立刻去喊个医生来。

七

男孩没有像预期的那样跑去叫正在宾馆餐厅吃丰盛早餐的领事。他去叫了老中士。中士扫了一眼半裸躺在卫生间地上的使者就明白了。他立刻跑开，几分钟后带了三个士兵和一副担架回来。他们把生病的经理拖到担架上面，后者就像一块潮湿的脏抹布一样瘫在那里；他们用毯子把他盖好；把他抬进一架服务电梯里，缓缓下降到地下深处的医院。

中士没有请示指挥官便迅速行动，不仅是因为使者所穿的伞兵靴显示了他过去的军队经历，从而让他对使者产生了自然的同情；也是因为在这个被降格为旅游景点的军事基地，有机会执行一项紧急任务对他很有吸引力。确实，这个位于地下的医院已不再像过去那么忙碌。军事活动的减少，意味着医疗问题的减少，而且如今病人们都更愿意去附近的普通医院。何必冒险在一个位于地下深处、水平不明的军队医院就医呢?

所以，医院烧坏掉的灯泡都没有被更换，漏水的龙头也继续在漏水，它的中央取暖设备也早就停止工作了。不过，它的应急灯系统——冷战的遗产——依然能用，于是中士得以找到路。他知道食物中毒不需要用任何解毒剂，只需要花时间清洗肠胃，便吩咐手下在厕所附近架好一个床，并准备两把大号夜壶，以备急用。然后他掀掉毯子，脱去使者身上剩下的衣服，用湿毛巾仔细地替他擦拭干净。使者很高兴看到男孩也在一边帮忙，甚至还用毛巾替他擦了脚。多么讽刺，他想，我们所有人都说男孩必须在我们停的第一站就洗澡，现在他却在替我洗澡。

但使者接下来该穿什么呢?他的脏衣服需要清洗，根据他目前的情况，给他穿干净的新衣服也是浪费。每一波腹痛来袭，他都决心要及时冲去厕所，但每一次都会憋不住一路滴在地上。老中士充分意识到了这类“险情”，让手下做好充分的卫生清洁工作，他拿了一个手电筒，靠着电筒光线找到妇产科病房，拿了一些织物尿布回来，这些褪色却干净的尿布原本是为冷战时出生在核爆炸后热浪期内的婴儿准备的。

感到羞耻的使者沉默地抵抗着不愿穿尿布。当中士和手下还在试图制服他时，男孩倒似乎没有被一个成年人挣扎的场景吓住，他把一只皮肤很白的手放在使者的额头上，用希伯来语说:

“别担心……一切都没问题的。”

这句话让他平静下来，让士兵们得以系好尿布。使者甚至对男孩报以微笑，并且没有纠正他的语法错误。

既然尿布已经穿好了，他们又让使者喝了一点不新鲜的地下水，以防他脱水。他们重新给他盖上不止一条毯子，它们在他身上堆得犹如一座小山。

局面被控制住了。中士解散手下，并派男孩去通知其他旅行者。看来他是把生病的男人当作自己的责任了。他拉过床边的一把椅子，填满一个弓形的小烟斗，坐下来静等使者的下一轮腹泻爆发。

没等多久，下一轮腹泻就来了——还出人意料地剧烈。中士冷静从容。他换掉尿布，把病人擦拭干净，此时使者已经精疲力竭，不再能反抗了。使者觉得脑袋像铅块一般沉重，只得顺从地闭上眼睛。

中断早餐的领事就是在这种情况下找到使者的。他震惊地听了关于炖品的事情，记者和摄影师也很快赶到。人力资源经理如此顺从地躺在那儿，哪怕他们为周刊拍下他穿尿布的照片，他也不会抗议。

但他们都没想到这点，大家都惊叹于这个刚刚参观过的巨大地下庇护所。他们互相争论，这样的防御工事究竟是让老政权变得残忍激进呢——抑或正相反，防御工事显示出的是老政权的虚弱和恐惧？一扇中士没关的门后面，是一个接一个的黑暗房间，一排接一排的病床。虽然如今这些医疗设备生锈过时了，但当年这里却是最先进的，被设计用来应付一切可能发生的不测。难怪摄影师恣意地拍照，直到中士冲向他，一下从他手里夺过照相机，取下镜头，塞进口袋里。

这天时间过得很慢。教育之旅比预期得要漫长。生病的男人只被允许喝些清水清汤。大家的意见是，一个如此爽快吞下毒药的人，应该继续在地下躺几天，穿好尿布，床的两侧各放一把夜壶。在任何情况下，他都不是一个人。老中士坐在他的旁边，照料他。

八

在中士的照料下，使者任由一阵阵的冷战和抽搐攻击他的身体。一个疯狂的念头掠过他的脑海，*假如我真是因为爱一个死去的女人而让我自己中毒，那是时候休息一下，让别人来照顾我了。*

由于下降到地底下的医院需要获得军队的特别批准，他们设置了一个轮班计划。中士对尿布所起的作用感到很满意，于是他让领事接班后就去休息了。人力资源经理很喜欢这个过去是农民的男人，觉得他仿佛是自己失散的堂兄似的，他彻底向疲惫投降，陷入了一种深深的昏睡之中，就跟这深不可测的地底一样。

两个小时后，他的内脏感到了一阵新的剧烈疼痛，他在眩晕中奔向厕所，发现照看他的人又换过了。领事不见了，取而代之的是摄影师——他在阴影里坐在一个被拿来取暖的碳盆旁，冷漠地看着痛得不行的使者。“我能为你做什么吗？”他在病人清洗了自己、换好了自己的尿布，并爬回来盖好毯子后敷衍地问。

“不用，谢谢，我自己能行。不过，你可以给我倒点水。我不想脱水。”

摄影师慢慢地站起来，倒了一杯混混的水。他没有把杯子递给病人，而是把它放在了床边的一个桌子上，仿佛害怕被使者的食物中毒传染似的。

“你能不能摸摸我的额头，看看我还在发烧吗？”

摄影师畏缩了。“我不会相信自己的判断。你应该要一支体温计。”

他们赶了一天半的路，这是他俩第一次单独在一起。人力资源经理注意到摄影师比他之前估计的要老，甚至可能跟他自己一样大。

“我对他们拿走你的相机镜头感到抱歉。”他说，竭力想要打破僵局。“你本可以拍一张我穿着尿布、被夜壶围绕的照片。用它做报纸封面，会比男孩的照片效果更好。”

“你为什么这么说？”

“它会向你们的读者展示，你们让我经受什么样的折磨。”

“我们的读者对你的经历毫无兴趣。”摄影师冷冷地断言，“你得翘辫子才能上封面。”

“好吧，好吧！看来你和卑鄙小人一伙并非偶然。”

“是他要跟我合作的。”

“男孩有什么是我没有的？他的英俊容貌？”

“他的母亲。该上封面的是她。我们只是没有一张她的好照片而已。”

人力资源经理在毯子下一阵哆嗦。“我也要警告你。你敢打开棺材试试。”

“不要激动。没人要打开任何东西。你不该在生病时发怒。”

“我想问你一件事情。你是一名职业摄影师，眼光老道……她的脸孔有什么特别之处……或者换句话说，他的脸孔有什么特别？为什么我们都被这对母子吸引？他们的眼睛有点不一般……某种弧度……你觉得是因为这个五官特点吗？”

“不，不是因为那个。”摄影师自信地说，仿佛他已经考虑过这个问题了，“我也感到困惑。所以我一直拍那个男孩，直到我找出原因。他们的眼角上有一道皱褶，而且高颧骨更强调了这种感觉……”

“有意思。”生病的男人说，“我看得出你已经思考过这个问题了。”

摄影师站起来在碳盆边暖手。“你不是真的认为我们的读者会更喜欢你的尿布气味，而不是那张英俊的面孔吧？”

经理脸红了。摄影师友好地微笑着说：

“但愿我没有冒犯到你。”

“冒犯？当然没有。你还是祈祷中士会把相机镜头及时还给你，让你可以拍葬礼的照片吧。”

“不用担心。我有一个备用相机。你的主要任务是恢复健康，我们也好继续行程。”

中士提着一壶茶回来。照看人员再度换班。现在轮到司机兄弟中的哥哥了，他带着使者的随身行李和皮质旅行箱来了。

“你不用把它们带来。”人力资源经理呻吟地说，但疼痛让他口齿不清，很难被听懂，“其实旅行箱也不是我的。”

这简直是太荒唐了，他想，我在这个过时的核战庇护所内住院，一丝不挂地包着一块尿布，被跟我语言不通的人照顾，躺在太暗不适合阅读又太亮不适合睡觉的光线里。他抗议地起床，走到他的包旁边，从里面拿出一套运动服和一粒安眠药。他穿着尿布套上运动服，接着吞下药片。万一再拉肚子，他希望自己能及时被腹痛唤醒。在哥哥司机的帮助下，他拆掉床边的应急灯，在身上又多加了一条毯子，再度试图睡觉。

他醒得太晚了，又一次拉在了身上，而且浑身都被汗浸透了。就连值班的士兵都在碟盆边熟睡，无法帮他。冷战时期，时间变成混凝土墙壁间的灰色烂泥，在这样的深渊中凝固；此时对这个生病的男人而言，时间也是静止不动的。那是他的想象，还是领事真的给了他一杯茶，并保证二十四小时内他便会恢复健康，就跟牛、马、羊和猪病愈的过程差不多？半夜三更前来探讨论文的卑鄙小人，真有谈到**恶魔**之爱，并说它超越了任何女人所能承受的强度吗？

一旦他们重新踏上旅途，他或许能查明谁曾坐在他的病床边，谁又只是他的幻觉。无论如何，当安眠药失去效力，他再度被汗水浸透，虚弱地在这个没有窗户、晨昏不分、不受时间影响的房间里醒来时，他知道他战胜了食物中毒。他不仅拉干净了他在市场喝下的那碗毒炖品，还拉掉了许多已经被遗忘的陈年旧事，恢复到了他在学校和军队时的状态。

他脱掉最后一块尿布，扔进放在床边的随身行李里。接着，他最后一次把自己清洗干净，将运动服也扔进随身行李。彻底没有了干净衣服的他打开一个中士带来的包裹。里面有一些军裤、衬衫和内衣，这些都是很久以前无名士兵被遣散时留下来的。他挑了几件看上去是他尺码的衣服，紧绷绷地穿上了。当睡在床边的士兵睁开眼睛时，他震惊地发现生病的游客已经变身成了一名维修部队的二等兵。

使者有正常表现痛苦和凄惨的能力，但此时他却在仔细思量如何最好地显示自己已经康复了。最后，他高举双臂并配上一个胜利的咧嘴笑。士兵立刻就明白了。然而，由于他被禁止未经批准就释放病人，他不得不跑去请示中士。

彻底干净且排空的人力资源经理要求在离开前去参观一下整个庇护所。他把卫星电话揣在军裤的深兜里，踱步穿过医院的一个个巨大房间。在幽幽的光线下，他看到生锈的铁床上堆着全新的睡垫，上面又摆着折叠好、没有用过的毯子。他走进一个从未进行过任何手术的手术室，不停地拉开又关上装着各种药品的抽屉，直到在它们中的一个里发现了一只受惊后瞪着他的小老鼠。

假如这样一个专心讨生活的小生命能穿透这个核战庇护所的隐秘堡垒，他想，那么一波空灵的声浪难道不能做到同样的事情吗？他从口袋里掏出电话，决定来测试一下。

他一点儿也不知道这个地方这时是白天还是晚上，更不用说耶路撒冷的时间了。他能打电话给那边的谁呢？当然不能打给老板。也不能打给行政经理，也不能打给他自己的秘书。甚至都不能打电话给他妈，他生病的事情只会吓到她。剩下的只有他的女儿了。他当然有权叫醒她，假如她年幼的声音有助于他恢复的话。

电话令人惊讶地快速接通了。另一头的声音在地底下听上去跟在山顶上一样清晰。不过，接电话的不是他的女儿，而是他的前妻。她很清醒放松，轻声细语。让他惊讶的是，她并没有挂断他的电话。

“是我……”

“是的。我能听出来。出什么事了？你听上去不是很好。”

“是不好。”她依然对他了如指掌，让他颇为感动，“倒也不是完全不好……”

“怎么回事？”

“我食物中毒了。但现在已经好了很多。”

“谁给你下毒的？”

他笑了。“没人下毒。我自己中毒的。现在好点了。”

“你总是认为你有一个铁胃。是时候认识到你自己的限度了。”

“你说得对。是时候了。”

“你好些了？”

“是的。我正在康复中。过去的一天我过得很糟。当时我完全垮掉了。但现在我好点了。”

“恢复需要时间。小心别乱吃东西。最好只吃流质。补充大量的水分。”

“我是在喝水。谢谢你。”

“谢什么？”

“谢谢你为我担心。”

“我没有为你担心。我是觉得你可怜。”

“那也不错。那么，谢谢你觉得我可怜。”

“我并没有觉得你有那么可怜。你不配。”

“无论如何，还是谢谢你。听到你耐心地说话真是好。我能请你帮个忙，叫醒我们的女儿吗？我需要听听她的声音。”

“你忘了今年是星期一。她今天很早就去上学了。她已经走了。”

“已经走了？现在几点钟？”

“七点。你是怎么了？我知道你以前也会忘记许多事情，但你从来都不会忘记时间。”

“你说得对。我倒下后，照顾我的士兵拿走了我的手表，还没把它还给我。而且我身处的地方，没有一缕阳光。”

“你在哪里？”

“在地底下。我在一个核战庇护所，但它也是一个旅游景点。”

“**你**被埋在地底下了？我还以为你是去埋葬一个女人的呢。”

“尤丽娅·瑞格耶芙？她还在地面以上。我们正在送她去她母亲那边。”

“同时还在观光游览。我以为你们很赶时间呢……”

“因为……尸体？我们有时间。不必担心。如今医学防腐程序很先进。不是你想象的那样。”

“我没有担心，也没有想象任何事情。我一点也不关心。我只是不理解，你为什么要为一篇愚蠢的报纸文章而去那么远的地方。你本可以把她埋葬在耶路撒冷。很可能那正是她想要的。”

“现在你都知道她想要什么了。或许你终究还是关心的……”

“我没有！我们别说了。我听够了你的俏皮话。抱歉我提到了她……醒醒吧！她是我的什么人？你又是谁？你想要什么？无论你是否中毒，别来烦我。做你想做的事情。跟尸体一起参观游览。就是别来烦我。”

九

不等吃午饭，七名旅行者便登上装甲车，车子嘎嘎直响且剧烈地震动了一番后便喷出一股蓝色的尾气，发出一声开心的咆哮，蹒跚地启动驶向前去。棺材被绳子绑在拖车上，还用一根金属电缆加固了，跟在车后颠簸 。是人力资源经理自己下令出发的。虽然他从地底下上来时脸色苍白，身体虚弱，但凝视了好一会儿空荡荡的营房里他那个折叠好的睡垫，想到他躺在上面做了两个不安的梦——梦境消逝后，他感到再无拘束，于是他确信应该继续执行他的任务。领事把男孩换到前排，在行李中清出一块空间供使者躺下，他甚至哄使者戴上他老婆的红色羊毛帽给脑袋保暖，作为帮助康复的一般措施。

由于使者自己的衣服都脏了，军事基地又没有洗衣服务，他便不得不继续穿那些二手的军队制服。这在他们的住宿、伙食和参观费上又增加了一笔不大不小的开支，使者又加了一笔小费，以感谢所有那些尿布、热茶和同情。跟之前一样，中士不愿收钱。他告诉领事，他作为军人的骄傲不允许他这样做。但当他的手下抨击他的顽固时，他脸红了，对使者敬了一个军礼，紧紧闭上双眼，让钱被放在他的手里。拿回了相机镜头的摄影师，忍不住又拍了一张照片。

当车子慢慢地上坡爬出山谷时，璀璨的正午天光照亮了整个山谷，旅行者得以更好地欣赏他们身处的独特地方。之前他们抵达时，核战庇护所隐藏在黑夜中，现在他们透过车窗能领略到它田园式的美丽。他们下面的树林、模拟采石场、人工湖和一排排的红顶房屋都是刻意设计建造出来的伪装。

司机中的哥哥很懂观察地形，就像贝都因人能解读沙漠一样。他们绕山谷行驶到山顶，并开始从另一边下行，驶回他们离开主干道时的那个交叉路口，这时，他就指出之前绕道是一件幸事，尽管使者在途中病倒。绕道除了让他们得以饱餐美食和休息，也让他们逃避了一路追他们至这个路口的暴风雪。被连根拔起的树木和被刮倒的路牌见证了这场暴风雪的暴烈，它一路横扫了依然在前面等待他们的广袤土地。

这片覆盖着森林与河流的土地，正是他们现在必须穿越的。两个司机都对这一带不熟。虽然他们已经咨询过基地的士兵，并被给予了一份优质的军事地图，但没人知道他们是否能像旅程的第一阶段那样快速地通过。

夜幕降临。黑暗倒不要紧；真正的问题在于频繁出现的十字路口，它们的路牌不是在暴风雪中消失了，就是被翻转过了。然而，他们别无选择，只能继续前行。他们之前的绕道之旅所花的时间比他们预计得要久。男孩的老外婆此时可能早就回到村里，并听说了她女儿的死讯，她确实也有权尽早知晓个中细节。

随着他们在夜色中一路前进，他们惊讶地发现他们到了一个有人居住的区域。在旅程的第一段，他们没碰到过其他车辆。然而，现在他们偶尔会从一辆速度缓慢的卡车边驶过，或是不得不停在路肩上让一辆超速的轿车摇晃地一闪而过。有一次，他们还为两匹马停车，因为它们的挽具缠在马车轴上了。另一次，一头巨大的母牛堵住了路。令他们震惊的是，他们还碰到了另一辆装甲车，跟他们自己的这辆一模一样。它可能是同一条装配线生产出来，甚至可能是出自同一个装甲旅，唯一的区别是这辆车被改装成了一个活动房屋，拖车被改成了一个厨房。

他们时不时会驶过一个小镇或村庄。尽管时间已晚，居民们都还醒着，大家都很友好，也乐意指路，甚至还把大致的路线画出来。棺材来自耶路撒冷，装着一个在别人的战争中被杀的女人，现在正被送去死者的出生地，这个消息引发了一点骚动。不止一个当地居民摘掉帽子，在胸口画十字，仿佛是在面对一件神圣的遗物。他们热情的反应促使司机中的哥哥决定听从一个加油站服务员的建议，抄近路穿越一片森林。他被告知，如果走这条路的话，他们大清早就能及时抵达河边，赶上第一班渡船，那是一条破冰船，只在白天运营，晚上是不开的。

在加油站服务员手绘路线图的帮助下，几近黎明时分，司机才找到了那条近路的开端。虽然他们都已精疲力竭，但他们短暂讨论后还是决定驶上这条近路。这是一条泥土路，到处都是大小枝丫，车子开在上面嘎吱直响。

当旅行者睡醒时，汽车依然嘎吱嘎吱地开在泥土路上，他们发现自己正沐浴在柔和的日光中，置身于一片森林，周遭树木的枝条上都缠绕着寄生植物，像干燥的长胡须一般垂下来，纷乱纠缠；这些由寄生植物构成的恶心帘子让人看不清楚前方的状况。两个司机一直处在迷路的危险中。远非预计中的近路，这片森林如今看起来就像是一只威胁要扼杀他们的巨大猛兽。这条路，开始时尚有清楚的标志，现在却每隔几百米就会出现分叉，逼迫他们做出选择。

司机中的弟弟开车。哥哥坐在他的旁边。旅行者们从来没有见过哥哥如此面色苍白，神情紧张。他一只手拿着地图，另一只手拿着一个指南针，每一次他说“向左”或“向右”时，他的两只手都在发抖。指南针指示的路线看上去不总是很合适；它指的路经常是几条可选岔路中更加狭窄、车辙痕迹更多的那条，这让棺材颠簸得越发剧烈了。虽然车子表现得很好，多亏了当初工程师给它设计的巨大底盘和马力强劲的发动机，但他们的领航员却显得越来越焦虑，担心他们可能是行驶在一条错误的路线上，一条会让他们像寄生植物般搁浅在树林里的错误路线，这种焦虑影响了所有的人。

每个人都深深地陷在各自的沉默中。领事的沉默是让人最难忍受的，因为他在这之前从来都不缺话讲，也充当着当地人和外国人之间的桥梁。不过使者决心尊重领事的沉默。自食物中毒以来第一次感到饥饿，他从乱七八糟的行李中爬起来，找到一只烤土豆，津津有味地啃起来。他面朝后坐着，能看到外面许多凌乱的悬垂寄生植物拂过女人的棺材。他怎么会蠢到同意揽下这个女人的事情?

大家神经紧绷地过了几个小时。最后，在树林里时隐时现的太阳懒洋洋地跳出来，一闪而过地照出一片开阔无物的地平线。他们立刻驾驶汽车朝那儿全速驶去。

加油站服务员的建议终究是对的。近路不仅存在，而且把他们带到了目的地——一点儿都不太早，因为冰封的河岸上已经站满了人，渡船也已经在两岸间开出了一条通道。岸上的人、动物、汽车和马车都在等待登船去到河对岸，而对岸也是如此。

这就是他抵达省会的第一天，领事跟他描述过的那条河——无论她是把它描述成一种挑战，一个障碍物，还是一段难忘的经历，都无关紧要。河冻成了一片光滑的白色釉面，坚硬得足以让人在上面走路或玩耍。司机中的哥哥把车停在等船的队伍里，摆脱了在森林里没完没了的行驶，他大松了一口气。作为一个不习惯展现情绪的害羞男人，他离开同行的小队，大步走到外面的冰面上。当他走到河中央时，他便只是白色河面上的一个小点了。在那儿，仿佛是突然被闪电击中了，他一下子双膝跪地，欣喜若狂地在冰面上磕头以示感恩。

又一次，在所有的人、汽车、马车、马、牛和猪中间冒出了一个小市场。就算没有其他作用，市场也让每个人能以讨价还价的方式消磨掉等渡船的时间。然而，重新戴上红色帽子的领事却在担心有人会重蹈使者的覆辙。他告诉同行者，除非得到他个人的批准，他们什么都不能吃。

天色渐暗。看来棺材要第二天早晨才能到对岸了；他们将在夜里渡河。领事决定去人群中试试运气。他领着男孩，在人群中走来走去，反复停步讲述死去女人踏上返乡之旅想要回到自己母亲身边的悲惨故事。朴实的故事很有效果，就像男孩俊朗的外表一样。不屈不挠排队的人们动了怜悯之心，让棺材和护送它的装甲车插到了前面。

他们在黄昏时分登上了渡船，那是当天的最后一班船。璀璨的夕阳笼罩着他们。领事自从食物中毒事件后态度就不那么随和了，但人力资源经理还是不顾他的反对，决定走路穿越冰封的河面，还叫摄影师为他的女儿记录这一过程。不甘落后的记者也决定加入他。他俩小心翼翼地走在冰上，尽量站稳每一步，摄影师则爬到棺材上面以获取更好的拍摄角度。

“假如冰面现在破裂，”当他们听到脚下穿来一声可疑的噼啪声时，矮胖的记者咧嘴一笑说，“我们的故事会在瞬间失去它的男主角和它的作者。剩下的只会是报纸末版上的一条短讯，宣布说两个自找麻烦的冒险者活该死掉了。”

“那也是好。”使者深切的悲伤让记者吃惊，“有了为一具尸体在所不惜的名声，也没有哪个活着的女人会想要碰我了。”

“我倒是觉得不一定。”卑鄙小人微笑着安慰使者，并把一只手搭在他的肩上，虽然他曾保证会离他远点，“你会发现，你的付出将为你赢得许多仰慕者。你将无须再去偏僻的酒吧里寻找她们。她们会主动来找你……而且谁知道呢，或许也会来找我……”

十

自从耶路撒冷传来了我们一直以为只存在于《圣经》中的坏消息，我们不能停止折磨自己。圣母啊，请赐予我们发自内心的智慧，让我们不要犯错吧！

我们立刻派了一个信使去叫老太太快从修道院回家。我们让信使承诺不跟老太太透露任何关于惨案的信息。五天四晚过去了，她渺无音讯。虽然暴风雪冲垮了道路，刮倒了桥梁，但我们还是每天晚上点燃篝火，以确保她能找到回来的路。

啊，假如死去的女人在她母亲赶回来哀悼她前就到了，我们该怎么办？我们是应该埋葬她，还是等她母亲回来？如果我们选择等待，那什么地方最庄严，可以保存她呢？我们应该破门进入老太太的小屋，把她的女儿放在她出生时的床上吗？抑或我们应该按照惯常的葬礼安排，把棺材放在教堂的圣坛边？但亲爱的耶稣，当圣像旁放着一具尸体时，我们还能安心祷告多久？而且我们看惯了去世老农民的脸，怎么能忍心去看来自耶路撒冷的棺材里那具被破坏的遗体？

此外，葬礼上谁来发言呢？我们已经有很多年没见过她了，对她一无所知。我们只依稀记得一个安静、俏丽的孩子，跟着她妈妈到处跑——农田、市场、教堂——直到有人爱上她，把她带走去了大城市。起初，她的妈妈曾大老远去那里看她。她说她的女儿是工程师，还生了一个漂亮的宝宝。可是一旦我们这里接通了电话线，她就不再去她女儿那里了。可怜的女人会不会跟她在耶路撒冷的女儿一直保持联系，却没有告诉我们?

我们一连五个晚上都心神不宁。接着传来信息说，棺材已经坐渡船过河了，同行的还有一辆装甲车和一大队人——可是依然不见她母亲的踪影。我们要怎么办?她从一名工程师变成了一个死在他人战争中的清洁女工，我们要跟把她送回故乡的代表团说什么?

圣母啊，我们一直在恳求你，却一直没有得到答案。

于是，当大人物们在我们的篝火边驻足时，我们不知道该相信什么。我们甚至希望棺材可能是空的，希望您的沉默是预告了一次不可思议的复活。有一瞬，只有那么一瞬，我们真的以为从车上走下来的是她，依然那么年轻漂亮。但随着我们开心激动地走近，我们发现那只是她的儿子，一个高个少年，他替外婆把他妈妈带回家，好把愤怒和绝望变为悲伤和同情。

这是一个惹眼的代表团。他们的装甲车是如此大如此旧，以至于需要两个司机，他们要写的故事是如此长，以至于需要两名记者，就连他们的首领也需要一个人来翻译他说的话。

一开始，我们不知道那个脸色苍白、穿着旧军装的人是团队的首领。但他是一个一点儿也不耍滑头的人，他一开口说话，圣母啊，我们就明白他是我们所有问题的答案。

他说了下面这番话:

哦，农民们，不要害怕时间的流逝。你们村子的女儿已经像一位埃及公主一样浑身涂满香料地归来了。因此，不用急着埋葬她。有足够的时间可以耐心地等待她妈妈回来跟她道别。如果你们不敢把她放在她儿时的床上，或者不敢把她的尸体留在教堂的圣像边，那就把她安置在她小时候读书的校舍里，因为我们所有人都在学校等过我们的妈妈。等到举办她葬礼的时候，请记住她是完整地被带回这里给你们的，像一位沉睡的天使一般清白，所以不要害怕打开她的棺材盖。

我不是一个来了就走的速递员。我是一名人力资源经理，职责是和你们待在一起直到最后一抔土落到这个女人的坟墓上。只有到了那时，我才会返回我的城市，一个对我而言只意味着痛苦现实的地方。

十一

农民们虽然开始不愿把一口棺材放在校舍里，但他们很快就得出结论说那是最合理最恰当的地方。无论如何，代表团都需要一个睡觉的地方，于是村民们决定给学校的孩子们放几天假。不惜一切以避免把一口无人照看的棺材留在他们当中。

大家解开绳子，把棺材从拖车上搬到教室休息室里，然后牢牢地锁上门。教室里的桌子和椅子都被推到一起，地板上铺上新鲜的稻草，摆好从家里搬来的床垫、毯子和枕头，代表团很快就被妥善地安置在小小的校舍中。大家从容地回到村里。几个农民留在篝火边，以便迎接朝圣者归来，他们担心现在她已经对在等待她的事情有所觉察了。

然而，信使成功地在没有引起老太太怀疑的情况下把她带了回来。事实上，参观修道院并亲历了所有那些为新年所做的祷告和弥撒，让她情绪高涨，她回来时穿着修士袍，还戴着修士的兜帽。当人力资源经理、领事和她的外孙在深更半夜里被紧急叫来时，他们都被眼前这个眼神和蔼、声音轻柔、身材圆胖的小个子“修士”惊到了。

她的女儿悲惨地死去，村民们似乎缺乏通知老太太的勇气，而是把宣布消息的任务留给了使者，后者受到公司的全权委托，甚至代表了他背后的整个城市——耶路撒冷。即便如此，首先，他们还是有策略地先把外孙领给老太看。虽然她多年没见过他了，但她立刻就认出他来，也明白一定是发生了什么大事，才会让他老远地回来。她马上扯掉兜帽，完全露出她的面容，可以看出她女儿和外孙迷人的脸孔都是沿袭了老太太的这个原版。

受惊吓的男孩已经对这场他坚持要进行的旅行感到后悔。他指着他妈妈所在的校舍，结结巴巴地跟他外婆说了耶路撒冷的爆炸案。深感震惊的老太立刻就明白了一切。然而，让她震惊的不仅是外孙所讲的故事。这个把她女儿的遗体一路运回来的不理智的计划，也让她非常惊愕。"为什么？"她生气地问，"难道不能在耶路撒冷，这个死者选择居住的城市，为她举行一个葬礼？那是她的城市。那是所有人的城市。"

"所有人？"使者觉得很奇怪，轻轻地问领事，"从哪方面来说？"

"没有哪方面。"领事到目前为止一直克制着他隐藏起来的脾气，这时却突然发作了。他没有征求人力资源经理的意见，便严厉地解释说不可能把死者葬在耶路撒冷。

老太的反应犹如一头受伤的动物。觉察到代表团真正的首领不是顶着一头银色卷发的长者，而是那个较为年轻、脸色苍白、眼神疲倦、穿着制服的男人，她便令人心碎地扑倒在他的脚下，恳求让她的女儿回到那个夺去她生命的城市。那样的话，她，受害者的母亲，也能有权成为那个城市的一分子。

这个出人意料的恳求让她的外孙感到很困惑。他俯身把老太拉起来，但老太只是生气地把他推开。她在篝火边的泥地上痛苦地挣扎爬行，几乎就要滚到火中的炭上面去了。几个村民抓住她，把她送回她的小屋。他们架着她走路，她的脚几乎碰不到地；看上去就像是她在空中轻飘而过。

人力资源经理作为双重失望的承受者，感觉万念俱灰。他所有的好意——他所有大胆的慷慨——只带来了完全有悖于计划的结果。或许，他建议，领事可以跟他一起去老太太家，帮忙解释为何不该怪他。

然而，自认识曾是农民的领事以来，人力资源经理第一次感觉他怀有敌意。领事，强硬地，几近无礼地，拒绝了经理的要求。

“够了！我们已经受够了你的内疚。你的内疚也太过头了。你不能把整个世界都拉进来参与你对一个死掉的清洁女工的痴迷。”

这番从一个此前如此友善、体贴的人嘴里说出来的指责，让使者惊得哑口无言。他深感伤害，转身原路折返，朝校舍中正在睡觉的旅行者走去。

离黑板不远的地方，在一堆桌椅附近，记者和摄影师各自包着毯子躺在那儿。跟往常一样，人力资源经理想，他们错过了刚才那个至关重要且极度残酷的人性时刻。他们醒来后，会刻意设置几个催泪场景来弥补这一损失。

他恶狠狠地看了一眼铺好毯子正在钻到下面的领事。你忘记了你是我雇来的，他想要说，你是在按合同工作。但考虑一番后，他没把这些话说出口，而是拿着皮质旅行箱，离开了校舍。

北方漫长的冬夜没有要结束的迹象。死讯被宣布了，所有未答复的问题都被回答了，农民们也已经浇灭篝火去睡觉了。明天早晨，他们会布置教堂，为葬礼仪式做好准备。

他走在被雪覆盖的小道上，穿行在一个个熄灯后的小屋间。从耶路撒冷出发后，他自己的孤独第一次让他感到沉重。不过，他肯定自己能找到老太太的小屋，并让她知道，就他个人而言，他不觉得她的要求有什么奇怪。

灯光从一扇窗户里透出来。那就是她的家，他猜测。这让他想起尤丽娅·瑞格耶芙在耶路撒冷所住的小棚子。走近点，他能透过雾化玻璃看到老太太不是一个人在家。她的外孙在她身边，周围还有很多朋友。虽然他根本没办法让他们听懂他要说的话，但他也不能再依靠领事做翻译了。他默默地走进小屋，把旅行箱递到老太的手里，仿佛他跟她是家人，仿佛他俩之间无须用语言来沟通。

十二

中午时分，他跟领事和两个司机汇合，和村民一起排队等待从棺材前经过。然而，他心里却有些障碍。我已经见过她了，他想，在我的梦里——她饱受折磨，疲惫不堪地晕倒，但却还活着。我甚至被诱惑去爱她。我还有什么需要去看她的尸体呢?

他默默地示意领事和司机兄弟插到他的前面。记者和摄影师已经在教堂里面占据了最佳拍摄位置。虽然人力资源经理禁止摄影师拍照片，但他肯定后者会不用闪光灯，偷偷地拍摄，以填满租赁服务和二手车广告间的那些版面。一起踏上这场旅程的卑鄙小人和他的跟班，是决不会错过他们真正的主题的：死亡的诱人面孔。

最后一批村民消失在教堂巨大的木门之后。人力资源经理没有跟随他们。他转身，沿着一条狭窄的小径朝村庄的小墓地走去。小径的尽头有一堵冰封的墙壁，仿佛标记着宇宙的边界。

周遭一片寂静。他信步走过新旧不一的墓碑，寻找一个新挖的墓穴。但没有任何新墓穴的迹象。老太一定是坚持要把棺材运回耶路撒冷。抑或，村民们害怕她发怒，打算在夜里秘密地埋葬它。

他听到从教堂里传来说话的声音，还有一阵微弱压抑的哀号。然后传来了村里神甫低沉的男中音。最开始是讲话，接着变成了音乐，然后是一首缓慢迷人的古老挽歌。最后，村民们加入吟唱，旋律直刺使者的心坎。尽管他知道大家为他准备了一个贵宾席，他也想要表达他的哀悼，但他还是决定留在外面。他不想见到她，哪怕只是远远地看一眼。

“是时候说再见了。”人力资源经理低语道，一边擦掉了一滴出人意料的冰冷眼泪。他在冰冷的墙边踱来踱去，小心地触摸墙壁，老太太的抱怨还是萦绕着他。“我们是否犯了一个错误？我们是否太草率了？一个像她那样的工程师，来耶路撒冷一定不只是为了工作。她来，因为她觉得这个破旧的城市也是她的。她的犹太爱人放弃了，离开了，她却坚持了下来。假如夜班主管没有因为爱她而解雇她，她会依然在我们的面包房上班。”

他太心烦意乱了，不知道自己哆嗦是因为冷，还是因为激动。如果这个地方现在是中午，那么耶路撒冷就是上午十点。他掏出卫星电话，拨打了公司老板的号码。

行政经理很高兴听到人力资源经理的声音。她一直在想他，她说。他到目的地了吗？他已经在回来的路上了吗？每个人都在问他什么时候回来。

“很快就回来了。”他轻轻地说，电话里她听起来近在咫尺，这再一次让他感到吃惊。现在，他需要跟老头讲话。

“你忘了今天是星期三了吗？”她惊讶于他居然忘记了，“他正在面包房做每周一次的巡视。”

“在这种情况下，”经理说，“那把我转到他在那儿的电话。”

“难道你不想等他回到办公室吗？”

“没时间了。”他坚决地说，“我们必须做些决定。”

她把电话转接到面包房。在老头饱经风霜的声音之外，他能听到烤箱呜呜作响和生产线嘎啦嘎啦的动静。

“我有点紧急的事情要跟您商量。”

“啊，我亲爱的伙计！我一直在期待这场对话。但我正在跟班次主管们一起巡视。你能等一下吗？”

“不行，先生。”

“在所有这些噪音下，很难集中注意力。”

“是的，先生，我能听到噪音。但这不影响我，因为我这里一点声音也没有。我正站在一堵冰冷的墙边，它的后面什么都没有。感觉这里是世界的尽头。知道面包房依然在运转让我感觉舒服点了。但或许您听不清楚我说话。”

“别担心，年轻人。我习惯了面包房里的声响。我还是一个被父母抱在膝盖上的婴儿时，就开始听这些声音了。就像渔夫听海浪的声音。”

“那么，好吧，我就直截了当地说了。情况很复杂。我们有些决定要做。男孩的外婆今天早上回到了村里。此刻她正在看打开的棺材，确认那是她的女儿。”

“我想到可能会这样。我本该提醒你说，你可能也得看一下。”

“我什么也没看，先生。我也不打算看。没有必要。到了现在，那个女人已经印在我的心里了。我甚至梦见过她。”

“你想怎么做都行，我的朋友。你知道我相信你的直觉。葬礼什么时候举行?”

“要说的正是此事。我们进行到了最让人痛苦的部分，但事情尚未结束。你之前的担心是对的。情况就是结局并没有结束一切。老太不愿把女儿葬在村里。我们没有把她埋葬在耶路撒冷，这让她很难过。她说那也是她的城市。”

“她的?这怎么说?”

“这是一个好问题。我们必须思考一下。”

“但她算是什么人，这个外婆?”

“一个老太太。我猜跟您的年纪差不多。而且她跟您一样，很顽强固执。今天早上，她朝圣归来，穿得像一个修士。那是一幅惹眼的画面。”

“那你现在想从我这里得到什么?”

“我想要您同意让我们把清洁女工运回耶路撒冷。”

“运回耶路撒冷!我们怎么可能做到?”

“我们可以做到,也会这么做。别无选择。”

“请原谅。我们没有司法权限。这得由政府和国家保险来决定。”

“政府已经彻底不管这件事情了。就算我们给政府施压,他们现在也根本不可能去安排这个死去的临时居民回来的事宜,死者相信耶路撒冷超过耶路撒冷相信它自己。我们两人——您,一家大公司的老板,我,您忠诚的雇员——诚然是个人,但我们的远见和主动性……”

“你疯了吗?”

“没有,先生。一点儿也没疯。这些不足以让一个像我这样有经验的人发疯。我的脑子再清楚不过了。就像蔚蓝的天空和冰冷的墙壁一样清楚。”

“你说的话,我一个字都不明白。或许这里的噪音终究是影响了我的听力。请紧扣主题。你是在提议和棺材一起回到耶路撒冷吗?你怎么想得出?”

“为什么不呢?无论如何,我们都得把汽车和拖车带回来。带我们飞到这里的航班也会反方向飞回来。假如您是在担心时间不够——就是对女死者而言——您不用担心。时间在棺材里根本是静止不动的。我们被确定地告知说它的防腐工作做得很好。”

“但假如我不同意呢。那你会怎么做?”

“我会用我自己的钱把她带回来。我不是一个有钱人,但我会设法做到的。作为您的人力资源经理,我有权给自己从公司批一笔小额贷款。先生,问题其实是:您珍贵的人道主义精神会如何?谁来修复它呢?您想让卑鄙小人说,您在最后一刻退出了吗?”

“现在你在威胁我了。”

“威胁？哦，没有，先生。我是您忠诚的雇员。我只是惊讶，一个像您这么睿智和有经验的人居然没有意识到，这样一场旅程对一个让我们失望的城市有好处。”

“怎么有好处，你这个荒唐的人？通过挖另一个墓穴？”

“另一个墓穴，外加两个新居民，一个老太和一个英俊的年轻男人。”

“你在提议把他们也带回来？”

“为什么不呢？难道这不是他们的权利吗？”

“权利？权利？”老头的喊叫淹没了烤箱的声音，“你在谈的是什么权利？”

“先生，这点我们会想出来的。跟往常一样，我愿为您效劳。”